Muckefuck & Sendeschluss
Wörter außer Betrieb

Autor: Nikolai Kinast
Lektorat: Martin Waller, Werkstatt München
Umschlag- und Innengestaltung, Satz: Arndt Knieper, München

Idee und Projektleitung: Gudrun Rücker, Redaktion Langenscheidt

Titelfoto: ClassicStock / akg-images.
Fotos: akg/North Wind Picture Archives (S. 6), akg-images / Imagno (S. 11), akg-images / arkivi UG (S. 13), akg-images / RIA Nowosti (S. 14), akg-images (S. 18), akg-images / ddrbildarchiv.de (S. 20), servus.heimat – www.servusheimat.com (S. 25), akg-images (S. 30 und 33), Bundesarchiv (S.37), WDR (S. 48), akg-images (S. 51), ClassicStock / akg-images / H. Armstrong Roberts (S. 53), akg-images / picture-alliance / dpa (S. 55), Auktionshaus Herrmann Historica – www.hermann-historica.de (S. 58), ClassicStock / akg-images / H. Armstrong Roberts (S. 59), innerdemon25 (S. 61), akg-images / Weegee (S. 63), André Karwath (S. 65), akg-images / Album / M.G.M (S. 66), ClassicStock / akg-images / Camerique (S. 75), akg-images (S. 76), akg-images / Imagno (S. 83), akg-images (S. 86), Stadt Gelsenkirchen (S. 87), Bullenwächter c/o Wikipedia (S. 89), akg-images / Gert Schütz (S. 90), Patrick Rouchon / akg-images (S. 94), akg-images / Straube (S. 101), ClassicStock / akg-images / H. Armstrong Roberts (S. 103), akg-images / Voller Ernst / Gerd Pfeiffer (S. 104), Auktionshaus Zeller – www.zeller.de (S. 106), akg-images / Imagno (S. 107)

Druck und Bindung: C. H. Beck, Nördlingen
ISBN 978-3-468-73894-4
www.langenscheidt.de

14010

Muckefuck & Sendeschluss

Wörter außer Betrieb

Langenscheidt

München · Wien

VORWORT

Aus einem Füllhorn außer Gebrauch geratener, verlorener, vergilbter Begriffe und Bezeichnungen für Objekte, Umstände, Zustände und natürlich Subjekte, nicht selten auch verdächtige, haben wir wörtliche Kleinodien gefiltert und liebevoll illustriert.

Für die Auswahl der Stichwörter war nicht erheblich, ob nur die Bezeichnungen für immer noch existente Gegen-, Um- oder Zustände (z.B. Schindluder treiben, Steckenpferd) heute anders lauten oder ob die Begriffe mitsamt der Dinge, die sie bezeichnen, in Vergessenheit oder außer Gebrauch geraten sind (z.B. Schreibmaschine, Kreiswehrersatzamt, Blockwart).

Nicht wenigen dürften die meisten dieser sprachlichen Kostbarkeiten noch geläufig sein, andere kennen vielleicht nur noch die eine oder andere, und manchen, wohl eher jüngeren Lesern, mögen unsere wortmusealen Ausgrabungen vor allem skurril bis auffallend unanglizistisch erscheinen. Um möglichst alle Nutzer dieses Büchleins unterhaltsam zu bedienen – seien sie nun verwundert-ungläubig (… boooh-ey … Schuhwichse? Wie warn die denn drauf?), zustimmend-amüsiert (… rat mal, was ich damals in unseren Müllschlucker reingeschmissen hab' …) oder nostalgisch-wehmütig (… ach, Telefonzellen! Weiß ich noch genau, wie's da drinnen immer gerochen hat) –, wurden die erläuternden Texte auf vielerlei stilistische und assoziative Weise verfasst.

Wir wünschen viel Vergnügen beim Blättern, Lesen und Schauen.

Tausend-sassa

Er konnte fliegen, erst von der höheren Schule, dann als Pilot, vermochte in 14 Sprachen „Mayday“ und „Roger, over“ zu artikulieren, überlebte drei eigene Cessna-Abstürze, riss 1.268 Weiber auf, vernaschte sie überdies (kolportiert), schoss halb Afrika von Wildtieren frei, kannte Luis Trenker, fotografierte Scheunen auf allen Kontinenten unter dem Pseudonym Phridolin Phrauenpheind, bediente den Trafo seiner Modelleisenbahn wie ein Gott, strich Geige wie Zacharias, aber in sämzlichen 24 Tonarten. Und er wusste platterdings alles über Radieschen. Erschoss sich mit Mitte 70 aus zehn Metern Entfernung. Gab anschließend beleidigt sein Flugzeugträgerkapitänspatent zurück ...

Bandsalat Liebe Kinder! Auch wir Alten haben schon Musik gehört. Die kam vom Rundfunk aus dem Radioapparat, „Tuner", wenn euch das noch was sagt. Schallpl... aber das führt zu weit – jedenfalls konnten wir uns noch keine leisten. Da haben wir die besonders gute Musik auf ein elektromagnetisches Tonband aufgenommen, damit wir sie immer wieder hören konnten. Das funktionierte meistens tadellos. Wenn wir aber mal das Band falsch herum auf die Leerspule gefädelt hatten, oder wenn wir betrunken waren und uns die volle Spule runtergefallen und fortgerollt ist und wir zum Bremsen draufgestiegen sind und das Band zerfetzt und zerknittert war, dann gab's: Bandsalat. Bei den winzigen Musikkassetten später war es noch schlimmer, da war das tief im Gehäuse verknäulte Band nur mit feinmotorisch-chirurgischen Uhrmacherskills wieder in Ordnung zu bringen, wenn überhaupt. Die letzten und schlimmsten Bandsalate verursachten schließlich die Videokassetten (VHS), dann war der Bandsalat ohne Essig und Öl ausgestorben.

Backfisch

Die eine Abteilung der altvorderen Raubtiere wartete noch, die andere befand das Fischlein bereits knusprig und verzehrfertig. Das Mädel stand jedenfalls unter Beobachtung und hatte selten eine Ahnung. Im Heranwachsen und Erblühen, zwischen 12 und 16 Lenzen, das war ein Backfisch. Die niedlichen Kichererbsen vor Heinz Rühmanns *Karzertür* (S. 31) in „Die Feuerzangenbowle" – sie alberten exemplarisch. Weniger hübsch ist eine Interpretation aus dem angelsächsischen Anglerwesen, ein „backfish" sei wegen Minderentwicklung zurück ins Wasser zu werfen. Das Wort ist weg, die entsprechende Mädchensorte auch.

Schwerenöter Er war der notorische Charmeur, vollendete Verführer, haltlose Herzens- und natürlich auch ehrlose Ehebrecher. Er hatte es aber auch leicht. Reihenweise gaben sich die Damen im Schwurbel der Komplimente, Verheißungen der Einzigartigkeit ihrer Persönlichkeit und poetisch-schlüpfrigen Schmeicheleien willigst seinen Avancen hin. Wider besseres Wissen hofften sie wohl doch auf eine gewisse Größe bei ihm, wenn auch nur an einer gewissen Stelle. Am Ende lief es meist darauf hinaus, dass sie ihm ein *„Schockschwerenot“* (S. 43) an den Hals wünschten. Gefährliche Liebschaften! Na, manche von diesen Jägern und Sammlern in Personalunion brachten es auf die Art immerhin zum Gehenktwerden.

Kaffee-kränzchen

War das was Nettes! Auch „Damenkränzchen“ genannt, bezeichnete es das weitgehend konfliktfreie Zusammentreffen gleichgestellter und -gesinnter älterer Mädchen, die dem sturen Stammtischgebaren ihrer Ehemänner irgendetwas Adäquates entgegensetzen wollten. Weil der Ruf aller Teilnehmerinnen untadelig war und bleiben sollte, drang bis zum heutigen Tag nicht nach außen, dass Eierlikör und Kroatzbeere in Strömen flossen, wenn nicht am Ende sogar Härteres wie Danziger Goldwasser oder Ettaler Klosterlikör, jeweils gut 40prozentig à la Cointreau. Die Buttercremetorte zum vordergründig kredenzten Kaffee war das bewährte Schmiermittel. Geschickt!

Das Fräulein vom Amt

Ein virtuoses Wesen der kommunikationstechnischen Frühzeit, das aufgrund der besseren frequenzuellen Kompatibilität gegenüber Männerstimmen zuhauf im handgestöpselten Telefonvermittlungsdienst werkelte. Es konnte gleichzeitig verbindlich parlieren und so traumwandlerisch sicher verkabeln wie Zorro fechten. Was Wunder, dass in so manchem Anschlussbegehrer Sehnsüchte sprossen, unterstützt noch durch Foto- und Filmaufnahmen aparter Telefonfrolleins – und jedenfalls in Filmromanzen aus jenen Zeiten erwuchs aus solchen Ferngesprächsverknüpfungen das ein oder andere rührende Familienglück.

KIR ROYAL

Champagner und Cassis-Likör im richtigen Mischungsverhältnis – damit konnten in den 1980er-Jahren sowohl Play-Promis als auch emporkömmliche Mittelständler gut feiern. Höchst unköniglich, ja eine magere Prollbrause war der Mix nur mit Sekt und womöglich statt Likör auch noch mit Schwarzjohannisbeersaft – ein Kir Unroyal, pfui wie gewöhnlich! Da der Wohlstand aber unaufhaltsam seinem Ende zuging, musste man sich bald auf breiter Front den Einsatz von Champagner sehr gut überlegen, und auch, ob man das edle Geperle wirklich weiter so verhunzen wollte. Davor war man ja mit Sekt/O-Saft auch zufrieden gewesen. Und weil der Mensch nach immer nur winzigwenigen, klitzekurzen Durchknallphasen reumütig zur reinen Vernunft einlenkt, hat er Hugo und Spritz kreiert. Das ist – zumindest selbst gemixt – preisgünstiger.

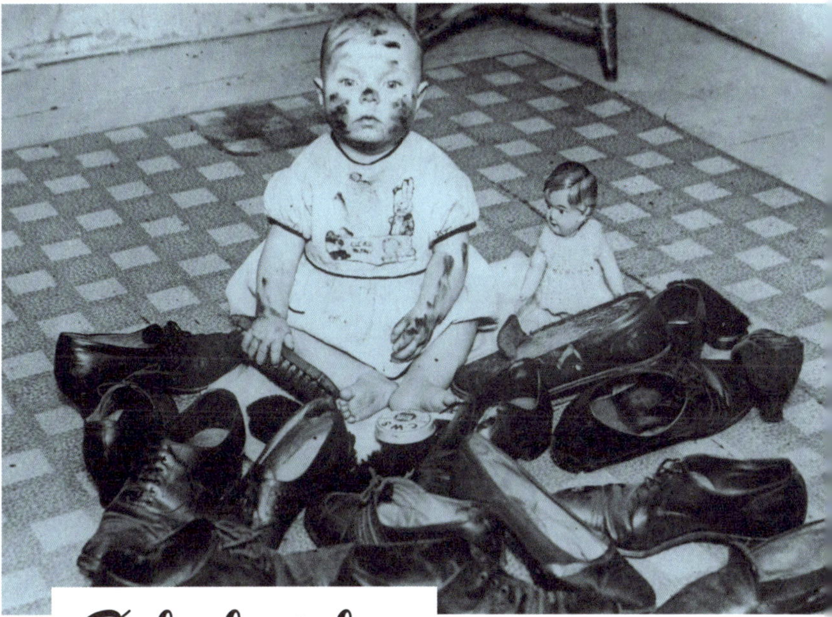

Schuhwichse

Nicht, was ihr denkt! Man hat Schuhe aus Leder gehabt, oft nur ein bis drei Paar für ein bis drei Zwecke, und die hat man regelmäßig gepflegt und nicht weggeschmissen. Freilich gibt es auch heute noch wertvolle Schuhe, nicht wegen der Marke, sondern wegen ihrer hohen Material- und Verarbeitungsqualität. Die putzt man dann eben, aber nicht mehr mit der klanganrüchig geratenen „Wichse“, sondern mit Lederwachs oder Schuhcreme, die sicher bald als „OL-Lotion“ oder „OL-Balsam“ (für Oberleder) im Schuhwichshandel nachzufragen sein werden.

Übrigens: Auch Bärte und Böden im Haus wurden einst „gewichst“. Ein Klassiker ist das „Wichsmädel“ – Bodenpflegeprodukt einer anständigen deutschen Firma aus Sachsen mit dem politisch völlig unkorrekten Schattenriss einer auf den Knien schrubbenden – oder besser: wichsenden – zauberhaften Zugehfrau auf der Blechdose. Als Repro-Blechschild wieder erhältlich.

Lebensplanung

Konnte man mal machen. Schule, Ausbildung, erste Anstellung (ganze ohne Befristung), Heirat, Kinder und vielleicht ein Haus. Hochzeit der Kinder, Enkelkinder schaukeln und in Rente gehen – mit 60 % des letzten Nettogehalts. Das waren Zeiten!

Heute kann man das auch machen. Netter Zeitvertreib, wenn im Fernsehen gerade nichts kommt. Glas Wein, Papier, Stift – mehr braucht es erstmal nicht, um seinem Leben einen Traum – Verzeihung, einen Plan – zu verpassen. Nach dem Studium wg. s.c.laude vom Fleck weg auf den Wunschposten, die lediglich 110 Mille im ersten Jahr kann man hinnehmen, ausgespähte Wunschfrau heiraten mit 25, Kind 1 mit 28, Kind 2+3 (Zwillinge) mit 30, erste Bonus-Million klargemacht am 7. Hochzeitstag. Dann Eigenheim, exklusive Kapitalanlagen, ab 40 arbeitet gefälligst die Kohle, nicht ich. Indes: Nach dem summasummarum Abschluss 72 Bewerbungen, nada, Gastro, Taxi, vier Mille im ersten Jahr, welche Frau will akademischen Proleten, welche Kinder wollen erfolglosen Vater, erster Malus bei den Stadtwerken, Strom abgezwickt. Jetzt nochmal gut nachdenken, Wasserglas Schnaps, alten Lebensplanzettel gecheckt, Radiergummi …

Kaiserwetter

Ein Prachttag war das jedes Mal, wenn Franz Joseph, der Vorstandsvorsitzende der einst immerhin weltkriegprovozierenden Unternehmensgruppe K & K Österreich-Ungarn, einspannen ließ und fest entschlossen war, sich bei 21 Grad, strahlend blauem Himmel und wonnigster Sonne durch nichts und niemanden, schon gar nicht Serbien, aus der Freude bringen zu lassen. Ein solitäres, silbernweißes Wölkchen über dem Semmering, und dem Monarchen samt seiner Entourage entwichen tiefe Seufzer kollektiven Glücksempfindens … ja, so stellt man sich das vor.

Viel später noch war – „durchaus, äh, sangmermal" – Kaiserwetter, wenn es Franz Beckenbauer in Kitz zum Golfen geeignet schien. Solange er das noch macht, wird es auch noch ein Kaiserwetter geben. Aber dann? „Ein Wetter zum Eierlegen", sagt bedauerlicherweise kaum mehr einer, und „Prachtwetter" ist zu schwach, zu allerwelts… zu demokratisch … Hm. „Kanzlerwetter"? „Präsiwetter"?? Aber geh!

Kindergartentante

Puh – da ist Feuer unterm Betreuungsschirm! Darf man heute gar nicht mehr so nennen! Dabei haben wir beste Erinnerungen an unsere Kindergartentanten Erika, Agnes, Edelgard und Inge. Okay, manchmal haben sie „guter Bulle, böser Bulle“ mit uns gespielt – dieses Erst-Trauma obrigkeitlicher Perfidie war aber eine gute Schule in Hinblick auf die kommenden *Kriegsdienstverweigerungs*verfahren (S. 76). Was sagt das Vierjährige heute? „Guten Morgen, liebe Frau Pädagogin“?

Backpfeife

Das Wort ist ähnlich außer Gebrauch geraten wie „Maulschelle“ oder „Backenstreich“, was alles dasselbe bedeutet – Ohrfeige nämlich, und selbst die ist mittlerweile gefährdet, weil eine „Watsch'n“, „Fotz'n“ oder „ein Satz warme Lauscher“, wahlweise „knall dir eins in die Fresse“ oder „dann gibt’s auf die Glocke“ weit weniger harmlos klingen. Da kriegst du halt richtig eine geschossen.

Gabelfrühstück

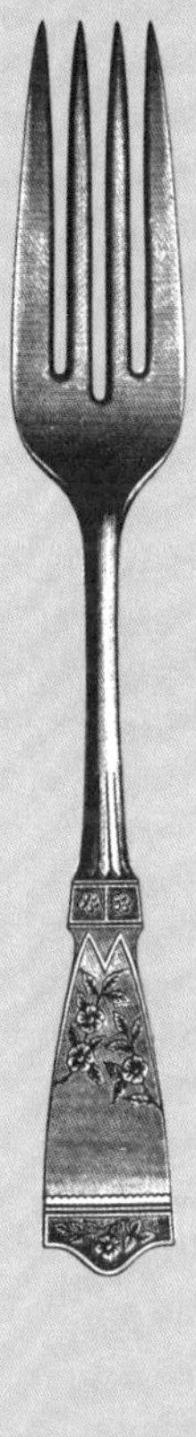

So, wie man nach dem Aufstehen häufig noch mal ausruht, ehe man zum Mittagsschläfchen robbt, überbrückt mancher die Zeit zwischen Frühstück und Hauptmahlzeit gerne mit einem Zwischengang. Gilt auch nachmittags für die biorhythmisch verdammt öde Zeit bis Dienstschluss und dann, wenn endlich wieder was los ist (Abendessen). Also „Vesper“ um fünf. Dabei untermalen die Regionen und Berufssparten sprachlich beschwingt, dass mit dieser Pauseninstitution von Arbeitnehmerseite her nicht zu scherzen ist, sonst Gewerkschaft. Was im Alemannischen „Znüni“ oder „Zwipf“ (swissmilitärisch: Zwischenmahlzeit) heißt, nennt sich im Bayrischen „Brotzeit“, „Jause“ oder eben „Gabelfühstück“; in anderen deutschen Sprachräumen „Fofftein“ (15, wegen einer Viertelstunde Pause), „Imbs“ (von Imbiss), u.v.m. bis zur „Winzerplatte“. „Gabelfrühstück“ bezieht sich wegen der gebotenen Zeitknappheit auf husch mit der Forke aufgepicktes Verzehrgut wie Speck-, Käse- und Brotbrocken und ist deswegen auch nur bedingt mit dem heute so häufig wie ausgiebig zelebrierten Brunch zu vergleichen.

Hanebüchen

Wer fliegt auf einer fetten Kanonenkugel dem Feind entgegen? Wer zieht sich an den eigenen Haaren aus dem Morast? Wer reitet mit der vorderen Hälfte seines durchtrennten Pferdes zur Tränke, während sich die hintere auf fremder Weide munter mit Stuten vergnügt? Eben. Kann sich nur um Hieronymus Carl Friedrich von Hanebüchen, Verzeihung: Baron Münchhausen handeln. Die hainbuchenen (denn von daher stammt das Wort: aus dem harten Holz der Hainbuche geschnitzt) Geschichten unserer Tage kommen dem Infofortschritt geschuldet subtiler daher: Freie Marktwirtschaft, Deflationsgespenst (wir werden alle sterben, wenn was billiger wird), ewigliches Wachstum, Freihandelsabkommen … obwohl: Die haarsträubendsten Hanebüchereien, gegen die sämtliche Münchhausener Lügenfarcen wie die reine Wahrheit erscheinen, unanfechtbar wie ein Kontoauszug, lauten … hm, Moment … wie – nicht genügend Platz? … also gut, kurz: „Der Mensch ist die Krone der Schöpfung". Das glauben immer mehr Leute. Weil man dem gierigen Schafsrudel hanebüchenes Zeug verklickert.

Cocktailparty

Man munkelt, sie sei wieder im Kommen. Also aufgemerkt: Original nur als vorabendlicher Stehempfang zwischen Arbeitsende und Dinner. Alkoholische Mixgetränke und Appetithäppchen, Dauer bis zu zweieinhalb Stunden. Mindestverweilpflicht aus Höflichkeit 20 Minuten, und bitte aber alle pünktlich raus – man wollte danach in Ruhe und unter sich zu Abend speisen. Sinn und Zweck einer CP: Smalltalk, Kontonummern austauschen, rumstehen und kostenlos einen zwitschern. Kleiderordnung relativ locker, aber nicht in Jeans oder kurzen Hosen. Einer Dame stand es frei, sich sauber aufzubrezeln, denn vielleicht kam ja ausgerechnet heute „007“, um am Martinifass von Betzenbrinks seine geschüttelten Anekdoten zum Besten zu geben.

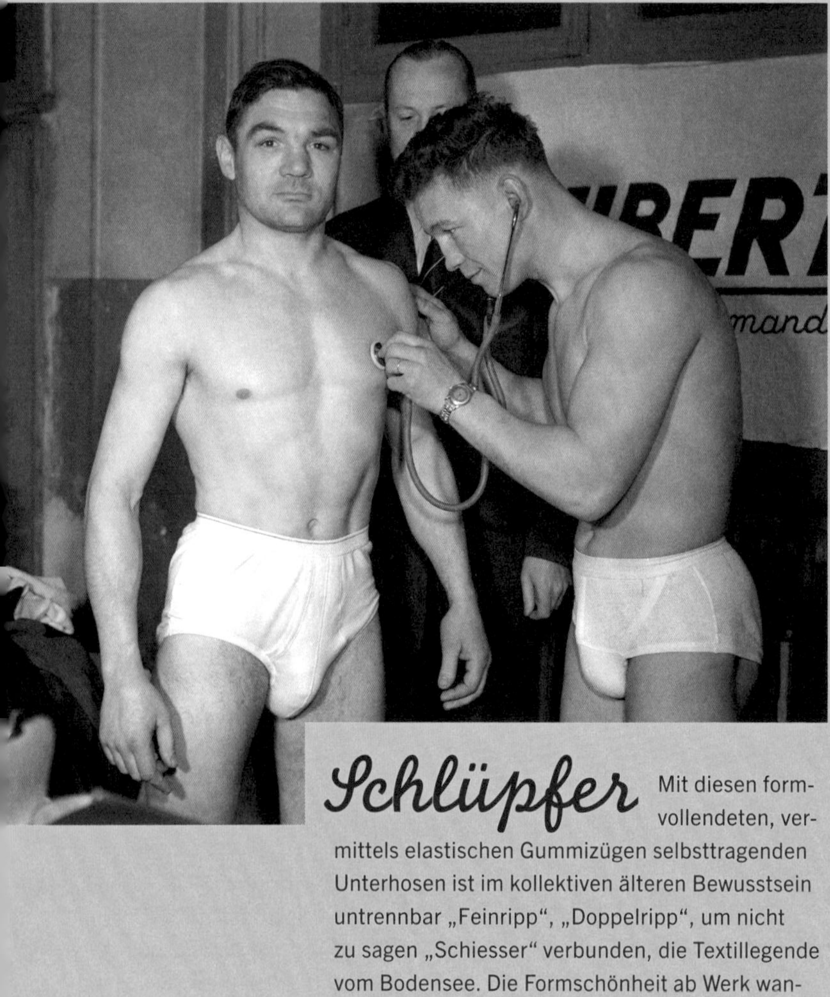

Schlüpfer

Mit diesen formvollendeten, vermittels elastischen Gummizügen selbsttragenden Unterhosen ist im kollektiven älteren Bewusstsein untrennbar „Feinripp“, „Doppelripp“, um nicht zu sagen „Schiesser“ verbunden, die Textillegende vom Bodensee. Die Formschönheit ab Werk wandelte sich mit häufigem Gebrauch ins Amorphe. War aber erfreulich freiheitlich fürs Gemächt. Zur Damenbetrachtung vgl. *Liebestöter* (S. 26). Dass man heute „Slip“ dazu sagt, ist so pseudoenglisch wie „Handy“. „Slip“ auf der Insel ist ein Unterkleid.

Kreiswehrersatzamt

Jeder Bursche lernte es mit 18 Jahren kennen: Es hatte zur Musterung gerufen, die Wehrtauglichkeit festzustellen. Da lief man dann einen halben Tag in der Unterhose im wohlbeheizten Gebäude herum, um sich amtsärztlich physisch und psychologisch checken lassen zu müssen. Zuletzt durfte man auch noch die Unterhose runterlassen, damit der Doc sehen und fühlen konnte, ob beim Husten ordnungsgemäß die Hoden hüpften. Dann bekam man seinen Wehrpass und wartete als Wehrwilliger auf seinen Stellungsbefehl. Wehrunwillige hatten als *Kriegsdienstverweigerer* (S. 76) noch mindestens ein weiteres Mal im Amt zu erscheinen, zu ihrer ersten Verhandlung nämlich. Als es mit der Wehrpflicht vorbei war, längst schon „Postkarte genügt" bei Kriegsdienstverweigerung gegolten hatte, wurden die Kreiswehrersatzämter im November 2012 abgeschafft. Jetzt hat es der freiwillige Wehrfreund mit dem „Karrierecenter der Bundeswehr" zu tun.

KALTMAMSELL

Abgeleitet von frz. „Mademoiselle", war sie eine Mamsell für die Küche, zuständig für die Reichhaltigkeit der Platten am Kalten Buffet. (Kalt-) Mamsell war eine rundum ehrbare Bezeichnung, auch bezüglich ihrer allgemeinen Funktion als „Wirtschafterin" und „Haushälterin". Ihr männliches Gegenstück in der Gastronomie aber durfte man noch nie so nennen: „Sagen Sie Ihrem Kaltmamsell, dass die Schinkenröllchen stinken!" Schon kam der Mamsell (korrekt: „Gardemanger") aus seinem Kühlfach geschossen und stülpte einem einen Eimer frischen Eiersalat über den frechen Schädel.

Halbstarke

War James Dean selbst schon ein Riesenmissverständnis, war es die Nacheiferung erst recht. Wer machte da nicht alles im Sog des vermeintlichen Rebellentums in Lederkluft auf Motorrädern Lärm – wobei es oft genug nur zum asthmatischen Nölen einer Zündapp K 50 reichte –, wer fuhr sich nicht ebenso ausdauernd wie sinnlos mit dem Gesäß- oder Brusttaschenkamm durchs Pomadenhaar, malmte mit aufrührerischem Kiefer Kaugummi, inszenierte halbfeste Raufereien … und brachte es schließlich zur halbangesehenen Schalterkraft bei der Kreissparkasse Halbheim-Starken. So etwas musste ja eines Tages in Gestalt von Justin Bieber wiedergängern! Der gibt sich rechtschaffen Mühe, ein böser Bube zu werden. Halb hat er's geschafft.

Zwist war kein Paartanz, der den Ausführenden ab 30 alsbald neue Knie- und Hüftgelenke aufgenötigt hätte. „Zwist“ bedeutete eine beständige Streitigkeit, z.B. zwischen Nachbarn: Der eine schleudert seit 29 Jahren seine Nacktschnecken eimerweise über den Zaun in die Salatpflanzungen des anderen; dieser fräst im Gegenzug seinen Maulwürfen mit schwerem Vortriebgerät aus dem Baumarkt den rechten Weg nach nebenan. Konsequenz: irreparables Zerwürfnis und Jubiläum im nächsten Lenz: 30jähriger Krieg.

Wilde Ehe

Pragmatische Übereinkunft, ohne Trauschein zusammenzuleben, z.B. nach Weltkriegen, um nicht den Witwenrentenanspruch einzubüßen, oder als politisch gemeintes Statement der 68er-Generation gegen die bourgeoise Sexualmoral. Formal keine wilde Ehe, sondern eine echte: Staatsangehörigkeit oder Aufenthaltsberechtigung sowie Vermeidung von Abschiebung durch Heirat. Echt wild. Lieber Staat, was darf's denn sein – Traugeschein ja oder nein?

DAMENZIMMER

In feudaleren Häusern, die über einen „Salon“ verfügten, gab es auch ein Damenzimmer, das für Herren allermeister Art so tabu war wie ein Harem. Von diesem fein auf rein weibliche Bedürfnisse ausgelegten Aufenthaltsort aus war nicht selten ein „Boudoir“ zugänglich, ein Gewandungsraum mit Wasch- und Schminktisch, Frisierkommode, Zierlichschränkchen usw. Dagegen wirkt das moderne Ankleidezimmer einer gutsituierten Mittelschichtendame geradezu nüchtern – und erst recht ihr begehbarer (Schuh-)Schrank.

Waldsterben

Was war das noch für eine Aufregung in den 1980er-Jahren! Saurer Regen, Klimakatastrophe, Erosion, Tschechoslowakei, Verbiss der Nachpflanzungen und, und … und an dem hätten wir schuld gewesen sein sollen? Wir ignorierten die Unterstellung, packten aber selbstlos an. In Rekordzeit hatten wir in allen Punkten das Waldsterben abgeschafft. Was soll der Quatsch mit der Statistik – 30 Prozent hinüber, 60 Prozent schwer geschädigt? Das war mal! Ist doch albern: Deutschland hat Wald ohne Ende. Die Flottenpolitik der alten Römer oder der Bau der spanischen Armada – das war ein Waldsterben! Sieht man heute noch.

Dass jetzt irgendwelche Zünsler und asiatischen (!) Fraßkäfer unseren Wald bis zu den Buchsbäumen hinunter verputzen, dafür können wir beim besten Gewissen nichts.

Fidibus

Existiert so gerade noch bei „Hokus Pokus …“, war aber zu Wilhelm Buschs Zeiten, als noch Meerschaumpfeifen vor offenen Kaminen dampften, ein gängiges Anzünde-Utensil aus Holz (Kienspan) oder hart gefalteten Papiersträngen. Gegen Ende des 19. Jahrhunderts wurde der Fidibus technisch zur Gestaltungs- und Funktionsform eines Zippo-Feuerzeugs perfektioniert, seit 1920 elektrisch aufladbar bis hin zum Zigarettenanzünder im Auto.

Wackeldackel

Es ist eine Ungezogenheit des Gesetzgebers, dass er einarmiges Telefonieren am Steuer und sicher bald auch Rauchen und Gangschalten (nicht beide Hände am Lenkrad!!! Haal-loo-o!) verbietet, keineswegs aber die größte Verkehrsgefährdung, die es überhaupt geben kann: Den saublöden Hund, der einen tattrig aus der *Hutablage* (S. 71) der vorausfahrenden Spießerkanaille anwackelt, provoziert, lautlos ankläfft, dass man ihm als normaler Mensch nur noch den unruhigen Hals umdrehen will, dem Drecksdackel, und seinem defekten Herrchen hinten reinfahren, wieder und immer wieder, ehe man selbst debil mit dem Kopf wackelt und nicht mehr weiß, wer Vorfahrt hat, verdammt. Die Mistköter neben der Klopapierrolle waren schon mal so gut wie ausgestorben, auch wegen viel praktischerer Kombis ohne Hutablage. Es droht jedoch eine Auferstehung! Gesetzgeber! Hallo!

Liebestöter Ursprünglich klar definiert: die lange (Herren-)Unterhose, die einer Frau keinerlei Rückschlüsse auf die Beschaffenheit des Trägers ermöglichte. Und auch Feinripp mit Eingriff hemmte erotische Gefühle spürbar. Eines Tages der Lustkiller-Vorwürfe überdrüssig, warf der so geschmähte Mann selbst einen Blick auf ihr „Drunter": Marthamaria! Auch noch in diesen DDR-Fleischfarben! Da hatte nun sie den Schwarzen Peter, also den Liebestöter. Dass nun aber für beide Seiten die Unterwäsche als Sündenbock herhalten musste, erboste die Branche, und sie ersann Kampagnen, die bis heute wirken: Liebestöter sind nicht ausgebeulte Buxen, sondern unrasierte Beine, Nasen- und Ohrenhaare, Urwälder in der Äquatorgegend, Knoblauch, Bierrülpser, Fischsemmel mit Zwiebel, ihre furzenden Hunde, sein Rotzhochziehen (oder auch umgekehrt), schwarze Fingernägel und Socken im Bett. Obschon Letzteres gut gemeint sein kann, wenn die Fußpflege drei Jahre in Urlaub war.

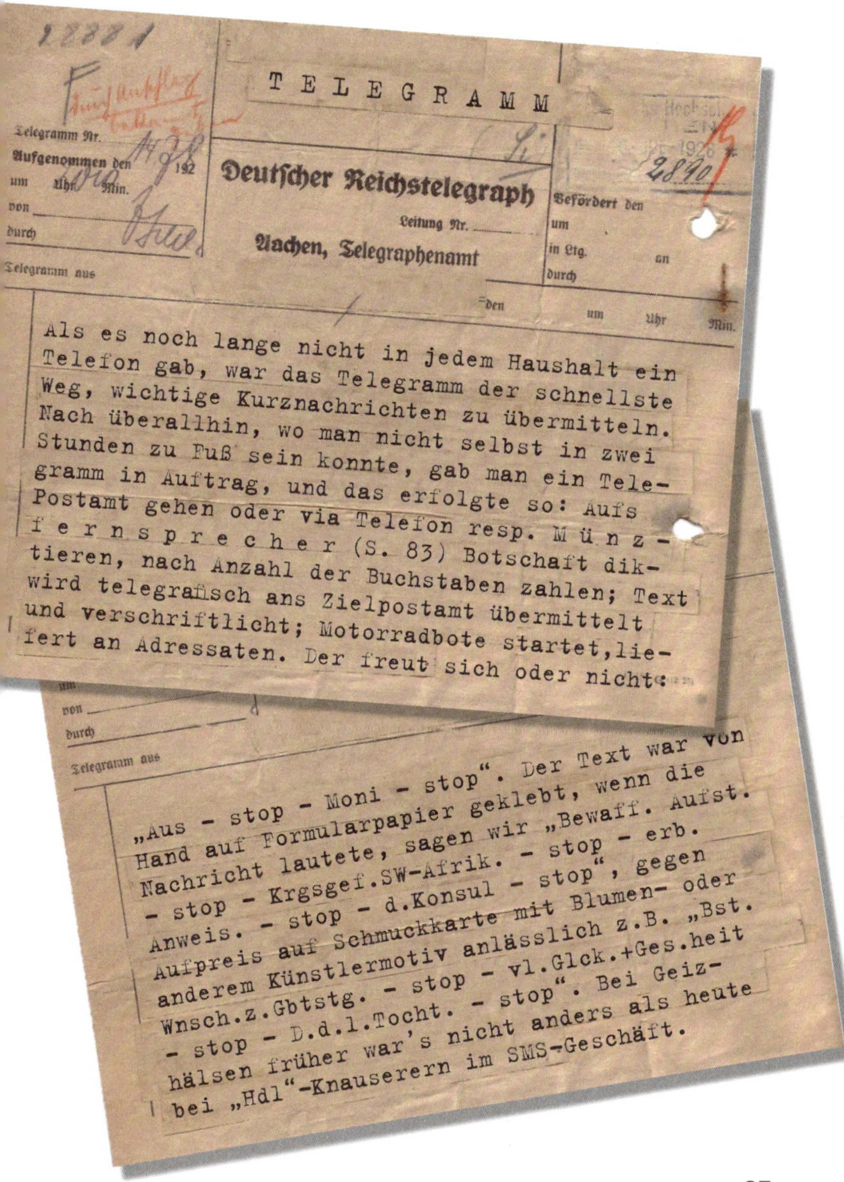

TELEGRAMM

Telegramm Nr.
Aufgenommen den 192
um Uhr Min.
von
durch
Telegramm aus

Deutscher Reichstelegraph
Leitung Nr.
Aachen, Telegraphenamt

Befördert den
um
in Ltg. an
durch

den um Uhr Min.

Als es noch lange nicht in jedem Haushalt ein Telefon gab, war das Telegramm der schnellste Weg, wichtige Kurznachrichten zu übermitteln. Nach überallhin, wo man nicht selbst in zwei Stunden zu Fuß sein konnte, gab man ein Telegramm in Auftrag, und das erfolgte so: Aufs Postamt gehen oder via Telefon resp. M ü n z f e r n s p r e c h e r (S. 83) Botschaft diktieren, nach Anzahl der Buchstaben zahlen; Text wird telegrafisch ans Zielpostamt übermittelt und verschriftlicht; Motorradbote startet, liefert an Adressaten. Der freut sich oder nicht: „Aus – stop – Moni – stop“. Der Text war von Hand auf Formularpapier geklebt, wenn die Nachricht lautete, sagen wir „Bewaff. Aufst. – stop – Krgsgef.SW-Afrik. – stop – erb. Anweis. – stop – d.Konsul – stop“, gegen Aufpreis auf Schmuckkarte mit Blumen- oder anderem Künstlermotiv anlässlich z.B. „Bst. Wnsch.z.Gbtstg. – stop – vl.Glck.+Ges.heit – stop – D.d.l.Tocht. – stop“. Bei Geizhälsen früher war's nicht anders als heute bei „Hdl“-Knauserern im SMS-Geschäft.

um
von
durch
Telegramm aus

unbotmäßig

Eine Perle des deutschen Wortschatzes, die auf Nimmerwiedersehen davonzukullern droht. Unbotmäßigkeit bezeichnet ein anderes Verhalten, als es umständehalber geboten scheint. Auf nüchtern deutsch: aufsässig, ungehorsam, renitent, dickköpfig. Weil der Begriff früher im Verhältnis Obrigkeit-Untertan in der Rechtsprechung verwendet wurde, insbesondere zur letzten Kaiserzeit, eignete sich „unbotmäßig“ später hervorragend zum ironisierenden und persiflierenden Profan-Einsatz: „Unser Papagei verhält sich unbotmäßig. Er weigert sich nachzusprechen, was ich ihm vorsage.“

Sperenzchen

Ja, wenn der Lateiner mit seiner sperantia nicht wär': Hoffnung hat man, Hoffnung, mit seinen Unarten, Zicken, Unzuverlässigkeiten, Fisimatenten und taktisch-strategischen Durchgeknalltheiten durchzukommen und den Gegner mürbe zu machen – z.B. den Typ, nur weil er unbedingt mit einem schlafen will, zur Totalverleugnung seiner Ideale zu treiben. Klappt oft besser als man glauben möchte.

Schindluder (treiben)

Böse, böse! Mit jemandem Schindluder zu treiben bedeutet veterinärherkünftig: einem Tier nach dem Abdecken die Haut abzuziehen und es den Geiern zu überlassen. Das „Luder“ bezeichnet dabei die „Lockspeise“, die größere Raubtiere anziehen soll. Gut, von dieser „Verwendung“ bekommt das arme Aas nichts mehr mit – doch wenn die „Weiße Frau“ als Lockvogel für King Kong herhalten soll, wird wohl in jeder Hinsicht mit ihr Schindluder getrieben.

Karzer

Bildungsinstitutionen aller Stufen hielten früher eine oder gleich mehrere Gefängniszellen in einem entlegenen Trakt ihrer wuchtigen Gebäude bereit, um renitenten, pflichtvergessenen, *unbotmäßig*en (S. 28), nicht domestizierbaren Schülern die Flausen auszutreiben und sie Mores zu lehren. Diese Karzerstrafen waren durchaus unangenehmst, sie konnten einen über sämtliche Nachmittage der Schulwoche von Schwimmen, Fußball und Mädchen fernhalten. Da war auch keine Pritsche in der Zelle, um Nickerchen zu erlauben. Tisch und Schemel zum Nacharbeiten, das wars. Auf die Frage von allen Seiten: Nein – Pizzaservice keiner. Die Bestellbrieftauben wurden vor Haftantritt konfisziert.

Rohrpost

Im kleinen Stil, als mechanisch-pneumatisches Quasi-Intranet, soll es sie noch hier und da geben. Die großen Rohrpostnetze aber, die Firmen und Verwaltungsinstitutionen städteweit verbanden, sind Geschichte. Die Sache funktionierte mit zylindrischen Hohlbehältern, die mittels Druckluft oder Saugeffekt in hohem Tempo durch verzweigte Röhrensysteme gejagt wurden. Viel mehr als Papiergeld, Formularkram gerollt oder Kaugummi für einen Kollegen konnte man da nicht verschicken, aber: Wir haben noch das satt ploppende „Ffummp" in Erinnerung, z.B. auf dem Postamt, wenn unser Anliegen frisch im dritten Stock bearbeitet, neben der Schalterkraft in einen festen Kunststoffkasten knallte, diese den Flitzekolben mit flinken Fingern öffnete und die frohe Botschaft verkündete: Ihrem Antrag auf Barauszahlung von 50 Demark kann stattgegeben werden!

Herrengedeck

Während beim „Damengedeck“ weitgehend Einigkeit bestand, dass es sich dabei um eine Mischung aus Sekt und einem nichtalkoholischen Getränk handelte, schieden sich die Geister beim „Herrengedeck“. In den Kneipen des Nordens und Westens der BRD kurz als „Gedeck“ bestellt, war unmissverständlich klar: Bierchen und Körnchen dazu: Pils, Kölsch oder Alt im 0,2-l-Format („Langer“) + 2 cl Klarer („Kurzer“). Davon natürlich mehrere, im Ernstfall bis der Deckel voll war. Zeitgleich trug womöglich zum schleichenden Zerfall der DDR bereits bei, dass dort als „Herrengedeck“ galt und hier und da aus Trotz noch gilt: In ein 0,33-l-Pils wird vorsichtig – wg. Explosionsgefahr – ein Piccolo geträufelt. Super Cocktail, evtl. noch Olive …? Halt: Spreewaldgurke!!!

Trümmerfrauen Inzwischen in ihrer heldenhaften Verklärung nicht mehr unumstritten, waren es viele Millionen Helferinnen zwischen 15 und 50 Jahren, die die deutschen und österreichischen zerbombten Städte nach 1945 vom Kriegsschutt befreiten. Freiwillig war das nicht, wie gerne erzählt wird, vielmehr mussten die Arbeiten auf Anordnung der alliierten Besatzungsmächte ausgeführt werden.

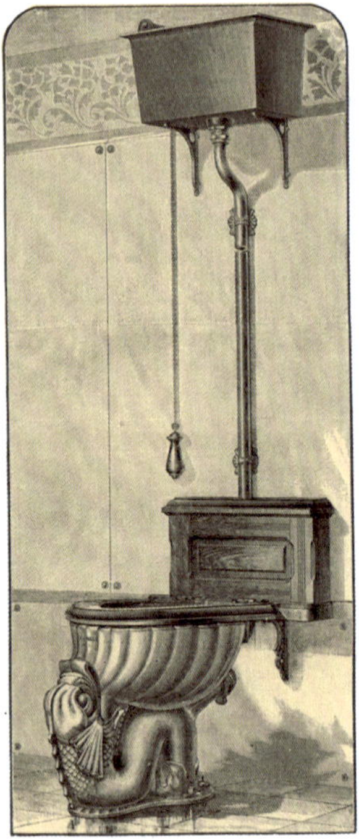

Abort

Das war zuletzt ein missverständlich Wort, seit man es hauptsächlich mit Abtreibung (engl. abortion) in Verbindung brachte. Zuvor stand es vorrangig für „WC", und zwar an jedem öffentlichen solchen groß und breit geschrieben. Der Ab-Ort, wo man die Chose, die man sich am Zu-Ort eingepfiffen hat, wieder los wird. Allerdings sprach man es nie Ab-Ort aus, sondern A-bort. Warum der Abort wahlweise auch „Abtritt" hieß, konnte man bis vor nicht allzu langer Zeit bei Ausflügen nach Frankreich, Italien u.ä. an jeder Tankstelle oder Raststätte leidvoll erleben: Ein Klo zum Drauftreten. Besser: Reintreten. Angeblich hygienischer als eins zum Sitzen. Theoretisch vielleicht, aber in der schlecht gepflegten Praxis sah's voll beschissen aus. Und bitte: Wohin, bei aller gebotenen Jet-Ski-Haltung, mit den runtergelassenen Hosen!?! Ein Albtraum, der nicht selten bei Urlaubsplanungen einer *Sommerfrische* (S. 82) am Bodensee den Vorzug gab.

Firlefanz Nach einer gängigen Definition, lautend: „unerhebliche Information und überflüssige Ausschmückung", machen wir hier nichts anderes als Firlefanz. Wir tanzen ein bisschen „albern possierlich mit unwitzigen schnellen Einfällen" (das „unwitzig" verbitten wir uns aber gefälligst!) den Wörterreigen und „träumen mit Worten umher" (Luther über Firlefanzer – der muss grad reden ...).

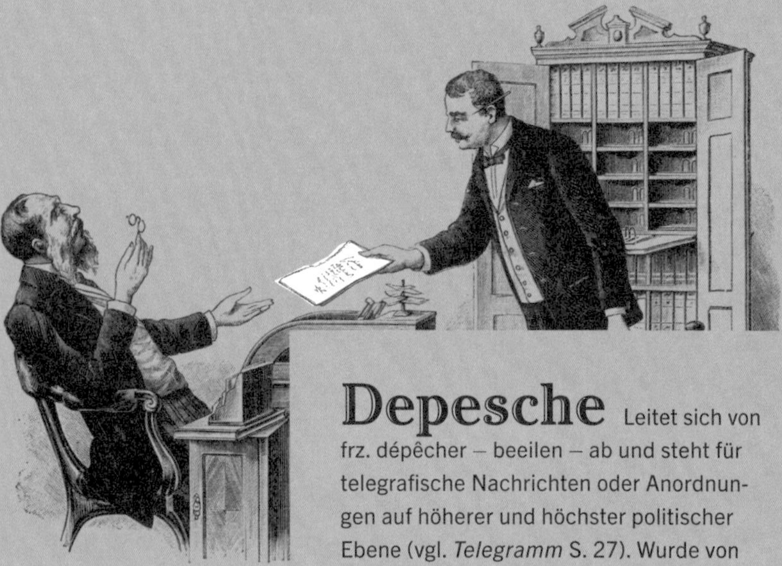

Depesche Leitet sich von frz. dépêcher – beeilen – ab und steht für telegrafische Nachrichten oder Anordnungen auf höherer und höchster politischer Ebene (vgl. *Telegramm* S. 27). Wurde von scheinbar flotteren Kommunikationsformen sukzessive verdrängt. Wenn die NSA allerdings so weitermacht, ist es gut möglich, dass eine Rückentwicklung von E-Mail über Fax, Telex, Fernschreiber, Telegramm, Briefpost, Taube bis schließlich Marathonläufer erfolgt – zuverlässiger Mann! Stirbt und schweigt abhörsicher nach Erledigung.

Mumpitz

Verallewiglicht wurde der Begriff vom großen SPD-Zampano Herbert Wehner, und wenn der auf Journalistenfragen oder bei Bundestagsdebatten mit wegen Dauergebrauchs schwerer Tabakspfeifen asymmetrisch geratenem Mundwerk „Mumpitz, alles Mumpitz" zischte, konnte er die Abkanzelei nur noch mit seinem legendären „Sie Düffeldoffel, Sie" steigern. „Mummelputz" bedeutete einst „Vogelscheuche" und wandelte sich zum Ausdruck für „Unsinn", „dummes Zeug", „papperlapapp". Besser kein Blech reden, um nicht des wild schwadronierenden Mumpitzens bezichtigt zu werden.

Griffelkasten

Formschön meist aus Holz, auch Griffelbüchse oder Schieferkasten genannt, war dieser Behälter der Vorläufer des Federmäppchens aus Leder oder Kunststoff. Darin bewahrte und transportierte das Schulkind alle Stifte und Schreibutensilien für seinen ungeliebten Alltag in der Lehranstalt. Eine kleine Rache an seinen Peinigern konnte es üben, als in der Volksschule noch mit Spezialgriffeln auf Schiefertafeln mehr gekratzt als geschrieben wurde – mit richtiger Technik konnte das ein Quietschgekreisch verursachen, das wie Zahnbohrer durch Nerven ging.

Vettel

Nein – nicht unser Boliden-Basti. Den stecken wir trotz aktuell verschwörungsbedingter Degradierung im Formel-1-Zirkus noch keineswegs ins Museum. Hier ist die Rede von der „vetula“, der alten Vettel, der verschrumpelten, auch charakterlich hässlichen Frau, die besser daran täte, ihre äußerlichen Defizite mit einigermaßen Herzenswärme zu kompensieren. Dann wär's eine liebe Omimi. Sonst bleibt die alte Hexe ein böses Weib.

Müllschlucker

Diese vorzüglich der Bequemlichkeit dienende Entsorgungsinstallation steht buchstäblich auf der Müll-Kippe. In mehr als vierstöckigen Mietshäusern gab es früher weit verbreitet in jedem Etagenflur eine Klappe, hinter der ein geräumiger Schacht kellerwärts in einen Großbehälter führte. Dort hinein konnte man unsortiert (!!!) seinen Abfall werfen, und da war dann alles drin, was man loswerden wollte, von Essensresten direkt ab Teller und Topf über Sperrmüll bis hin zu verendeten Hamstern und passend zerteilten Lebensabschnittsgefährten. War natürlich ab Beginn der Mülltrennung ein Unding und stellte zusätzlich einen stinkenden Seuchenherd mit erhöhter Brandgefahr dar, da der vertikale Schacht jeden Funken Restglut per Kamineffekt in ein Großfeuer verwandeln konnte. Umso erstaunlicher, dass es überhaupt noch noch Müllschlucker gibt, die dann sogar wegen „Wohnwertsteigerung" für Mieterhöhungen herhalten sollen. Gilt aber als sicher, dass dieses Wegwerf-System keine Renaissance erleben wird.

Sahneschnitte

Sieht man von der regulären Bezeichnung für entsprechend rahmhaltige Konditorenkunst ab, meinte das heute nicht mehr politisch korrekte Wort ein „tasty chick“, ein sehr sexy Mädel, dem man aber auch noch menschliche Qualitäten unterstellte. Könnte in der heutigen Hysterie, wenn's blöd läuft, als sexuelle Belästigung aufgefasst werden, ließe man in der Arbeit eine Bemerkung wie „super Sahneschnitte!“ über eine Frischpraktikantin fallen. Auch als Kommentar auf den Flaniermeilen im Rückzug begriffen – dort heißt es jetzt allgemeiner „geile Torte“, ohne gesteigerte Wertlegung auf menschliche Qualitäten.

Groschen

„Haste ma’n Groschen?!“ Das waren Zeiten, als es die Straßenräuber noch so billig machten. Eine kleine Mindermünze! Aber gerne, du Bedürftiger. Allerdings hat man damals schon schiefe Blicke bekommen, wenn man nicht mehr rausgerückt hat. ‚Das reicht ja nicht mal für ne Suppe‘, glaubte man den Antragsteller vorwurfsvoll denken zu hören. Also noch’n Groschen dazu, oder deren zwo.

Alsbald hörte man „Haste ma’ ne Mark füane Suppe!“, und angestrebt war wohl Bier. „Nee, aba’n Groschen.“ Das war schlagfertig nostalgisch, brachte aber keine Sympathiepunkte. Heute staunt man schon, wenn die Eingangsforderung unter „... zwei Euro?“ liegt. Pech: „Ich hab nur Scheine!“ „Is in Ordnung – nehm ich auch.“ Tja – schlagfertig auf der Gegenseite. Am besten, man hat eine Suppe dabei und keinen Groschen. Dann wäre der Groschen gefallen.

Stelldichein Verstand man früher darunter nichts anderes als ein Rendezvous, später unter jüngeren Leuten ein Date, so ist ein Stelldichein heutzutage, wenn der Ausdruck überhaupt verwendet wird, ein Zusammentreffen auf höherer Ebene. Sagen wir: „Die Finanzminister der G-20-Staaten gaben sich zur Aufführung des Remakes von Apocalypse Now im Heimkino der Deutschen Bank in Frankfurt ein Stelldichein". Lieber aber nicht: „Das Atomwaffenarsenal von Pakistan und Indien gab sich gestern über den Vereinigten Wollwirkwerken Kaschmirs ein Stelldichein." Beim First Date eines jungen Pärchens ist es mutiert zu: Stelldichnichtsoan. Oha – und jetzt dämmert's uns endlich: „Stelldichein ..." meinte immer schon: „– - - ... wenig geschickter an, wenn du mit deiner Zunge meinen Mund umgräbst".

Suppenkasper

Als Eltern noch keine pädagogischen Bedenken hatten, ihren Kleinsöhnen den „Struwwelpeter" zur frühen Läuterung einzubläuen, war der Begriff „Suppenkasper" gang und gäbe: Hammerharte Story, derzufolge man bei Essensverweigerung („… schmeckt mir nicht …") binnen fünf Tagen vom kerngesunden Pausback zum magersüchtigen Strichbürschlein mutierte und auf dem Friedhof landete. Damals nahm man das als vierjähriger, halbwegs aufgeweckter Rüben- und Spinatverächter nicht für bare Münze – und heute kriegen die Bamsen sowieso, was sie wollen: Einen „Hamburger-" oder „Pizzakasper" wird man nicht bemühen müssen.

Schock-schwerenot

Zugegeben, ein silbenreiches Ungetüm, wenn man eigentlich nur „Scheiße“ meint. Über Herkunft und Zusammensetzung wird spekuliert, von „Schock“ als Mengenangabe wie „gerüttelt Maß“ über „-schwerenot“ als alten Ausdruck für Epilepsie bis wörtlich „Schock, der schwere Not auslöst“ – genau weiß man's nicht. Verwendet es einer heute bei Gelegenheit, zu der man das als Letztes erwartet, kriegt er unter passend Publikum einen schönen Lacher: „Ey weisst was, du blöds Opfa, isch figg dei Mutta unn schigg mid Bosd …“ „Oha – Schockschwerenot!“

Blockwart

Eigentlich hieß es „Blockleiter der NSDAP“ und bezeichnete den rangniedrigsten der Opportunisten, Gesinnungsschnüffler und Denunzianten, die nach 1933 in Scharen in die Partei eintraten. Anfangs gab es davon rund 200.000, nach 1938 sollten es viermal so viele gewesen sein. Zur Darstellung der vielfältigen Aufgaben und perfiden Initiativen eines Blockleiters fehlt uns hier der Raum, daher sei lediglich gesagt: 1. Für jeweils rund 50 bis 60 Haushalte seines Wohnblocks war er so etwas wie heute die NSA im Großen, und er machte mit furchtbarer deutscher Zuverlässigkeit Meldung, wenn er politisch Unzuverlässige, Defätisten oder Juden in seinem Dunstkreis witterte. 2. Den Prototyp eines solchen Widerwarts gab der große Wiener Kabarettist Helmut Qualtinger im Klassiker „Der Herr Karl“. 3. Weil ja so ziemlich alle Deutschen im Dritten Reich insgeheim dagegen waren (der schräg ausgestreckte rechte Arm bedeutete bekanntlich „Moment mal!“), nannten sie den „Blockleiter“ aufmüpfig „Blockwart“, als kollektives Signal an die Partei „bis hierhin und nicht weiter!“ Die Partei bekam davon allerdings nichts mit, da dies erst nach 1945 bekannt wurde – und wie von Zauberhand hatten sich da die meisten Blockleiter schon wieder in biedere Allerweltsbürger zurückverwandelt.

Matrizendrucker

Ehe die Fotokopierer das praktisch unbegrenzte Vervielfältigen von Originalen erlaubten, wurden technisch einfache Matrizenverfahren angewandt, um aus einer Schriftseitenvorlage bis zu 200 Kopien zu machen. Im Prinzip die Weiterführung des Durchschlags mit Kohlepapier, der ja nur vier, fünf brauchbare Abzüge produzierte. Die Matrize war ein beschichtetes Spezialpapier, auf das man mit *Schreibmaschine* (S. 80) seinen Text „hackte", der spiegelverkehrt auf die Druckvorlage gebracht wurde. Die wurde auf eine Trommel gespannt, unter welcher dann die zu bedruckenden alkoholbeschichteten Papierbögen liefen, bis die Druckfarbe abgenutzt war. Benötigte man mehr Kopien, musste eine weitere Matrize mit dem gleichen Text beschrieben werden usw. Aus ihrer Schulzeit kennen die Älteren die mit Matrize produzierten Aufgabenblätter für Schulaufgaben und Extemporalien, nach deren Verteilung immer ein veritabler Industrieschnapsdunst im Klassenzimmer hing.

sich verfügen

„Ich würde mich jetzt gerne Richtung (Bett, Klo, Straße, einfach weg hier, nach Hause) verfügen". Ein sehr friedvoller, unverfänglicher und leider immer weniger in der Praxis genutzter Ausdruck für ehrenvollen Rückzug, höflich und bestimmt zugleich, der unbedingt jedweder Etikette zur Ehre gereicht. Selbst dann noch: „Meine Herren, *stelle anheim* (S. 79), uns nach dem letzten *Gedeck* (S. 32) ins Kinky Cuntry zu verfügen. Stößchen!"

sintemal

ist längst von „weil“, „zumal“ abgelöst. „Schränke deine lose Rede ein, sintemal dir darob eine ordentliche *Backpfeife* (S. 15) oder deren zwo blühen mögen!“ – das geht heutzutage kürzer: „Schnauze, sonst fängst ’n paar!“

Buko

In unseren Zeiten streitet sich keiner mehr, was da hineingehört, in den „Beischlafutensilienkoffer“ nämlich. Ganz klar: Viagra. Nun gut, früher verstand man darunter eine Frauenhandtasche, in welcher Aufbrezelapps aller Art wie Lippenstift, Maquillage, Parfüm, Eyeliner, frische Schlüpfwäsche, wahlweise Banane/Gurke gegen die Langeweile zwischendurch, Telefonnummernauswahl im Zweifelsfall (Mutter; Verkehrsalternative), Kondome (damals noch robust aus Autoreifengummi – dem Material geschuldet ein geflügelter Spruch der Tage: „Gibt er 'nen echten Standpunkt her, liegt's am Gebrauch von Metzeler“) – ahem, man sieht schon … Des Herren Buko passte in eine Jackentasche: Rasierer für beide und Selbstwertgefühl. Vivil oder ein Wrigley war auch gut, ein Blitzwirkstamperl zum Schöntrinken vielleicht, und Bargeld unbedingt: Bei ihm für sie, bei ihr fürs Taxi fort von dort.

„Der 7. Sinn“

Geniale Aufklärungssendung des WDR, seit 1966 mit unzähligen Folgen. Jeweils binnen weniger Minuten erfuhr man ungeahnte Einzelheiten aus der täglichen Praxis des Automobilismus in den Unbilden der rasanten Straßenverkehrsexplosion. Da wurde noch offen um Nachsicht für die Frau im Rückwärtsgang gebuhlt, die beim Versuch, in eine 15-m-Lücke einzuparken, drei Radfahrer, einen Rentner, einen Kinderwagen sowie das Heck des Vorder- bzw. den Bug des hinterwärtigen Fahrzeugs am Straßenrand „schrottete“. Belehrungsbeispiel: „Frauen fahren meist vorsichtiger als Männer, weil ihnen die Übung fehlt. Sie behindern dann den fließenden Verkehr. Viele Frauen scheuen das Anlegen des Sicherheitsgurts, weil sie Angst um ihren Busen haben“ (1975). Doch, das öffentlich-rechtliche Fernsehen nahm damals seinen Bildungsauftrag noch sehr ernst.

schwofen

Rein vom Wortklang stellt man sich hierbei eine deutlich bedächtigere Tanzbewegtheit auf gepflegtem Parkett vor, als einem beispielsweise zu „abhotten“ einfallen würde, einem ebenfalls – wenngleich später – außer Betrieb geratenen Wort. Dabei konnte ein „Schwof“, wohldosiert mit einigen Gin-Fizz unterlegt, beizeiten explosiver enden, als ein Jahrzehnte späteres „Abhotten“ unter dem Einfluss schlechtgemörserten Ecstasys. Die Fahne hoch für ambiente- und bergblickverzaubertes Seascape-Schwofen (Süßwasser) hält bis zum heutigen Tag die gloriose „Undosa“ in Starnberg am gleichnamigen See. Da hat gefühlt schon die Sisi g'schwoft, die ja ganz aus der Nähe stammte, aus Possenhofen nämlich … Aber auch ohne Münchner Lokalkolorit: Ähnliche Schuppen gibt's natürlich ebenso mit Optik auf den Hamburger Hafen oder das Berliner Stiftungsviertel „Merkelei“, wo definitiv schwofigst abgehottet wird. Polit-Rave mit Macht!

Gilet

Im Gegensatz zum Pullunder oder *Westover* (S. 64) war das Gilet eine genähte Weste zum Knöpfen, ebenfalls ärmellos. Der Mode entsprechend einst lang unter dem Frack getragen, wurde es im Lauf der Zeit immer kürzer, knapper und flotter. Den Schnittmustern waren dabei kaum Grenzen gesetzt. In bestimmten Gegenden der Alpenregion gehört ein Gilet als edler und fester Bestandteil zur Tracht; in Bayern und Österreich ist das Wort auch heute noch zur Unterscheidung von einer „Weste" gebräuchlich, weil diese dort eine Strickjacke mit Ärmeln bezeichnet.

Kratzfuß

Es galt einst bei Hofe die Etikette, dem Bückling vor dem Fürsten einen formvollendeten Rückwärtsausfallschwung mit dem Spielbein beizufügen. Je nach Beschaffenheit von Schuhwerk und Bodenbelag mochte dabei ein scharrendes Geräusch die ehrerbietende Geste untermalen. Wie beim Balzhahn auf Streu. Manch ein Judas fügte da einen nur scheinbar devoten Blick aufs Antlitz des Despoten bei, verhohlen Unheil im Busen hegend: Und du bist der nächste …

Kommissbrot Der Begriff ist untrennbar mit haltbarer Kargkost für die Soldaten im Felde verbunden. Als zu Kriegszeiten Gerüchte und Gewissheiten die Runde machten, in dieses Grundnahrungsmittel würden jetzt wegen Getreidemangels Sägespäne eingearbeitet, war der Ruf dahin – und selbst dadurch nicht wieder herzustellen, dass ehrbare Bäckermeister später wieder ganz herrliche „Kommissbrote“ buken, aus verlässlich feinsten Zutaten und in aufwendigen Verfahren. Erst seit sie ganz unkompromittierend als „Roggen-Kastenbrote“ verkauft werden, sind sie wieder salonfähig. Aus-ge-zeich-net!! Schlicht mit guter Butter.

Weiß der Geier

Tja, niemand außer dem Teufel weiß es: steckt der althochdeutsche „gir“ drin, der Gierige? Weiß der Geier immer, wo die Lämmer springen? Nix. Auch der Geier darbt. An Wissen. An Lämmern. Try & Hope. Die Brüder Grimm setzten den Geier jedenfalls eindeutig dem Teufel gleich. Aber weiß der's?

Auf Fragen, die wir nicht beantworten konnten oder wollten, oder deren Beantwortung zu kompliziert gewesen wäre – schließlich waren wir um neun zum Kartenspielen verabredet –, auf Fragen also, die um zehn vor neun weltbewegende Themen berührten wie „Was meinst'n du zur Krise bei Moni und Chris!?“, hatten wir im verantwortungsbewussten Fall die Antwort „Weiß der Geier“ parat, im Fall aufrichtiger Empathie „Scheiß der Geier“. Läuft heute so: „... und dann sind wir keineahnung so irgendwo und dann kam Tina keineahnung und es ging darum keineahnung dass Chris und Moni zoffen keineahnung ...“ Was das soll? Keine Ahnung.

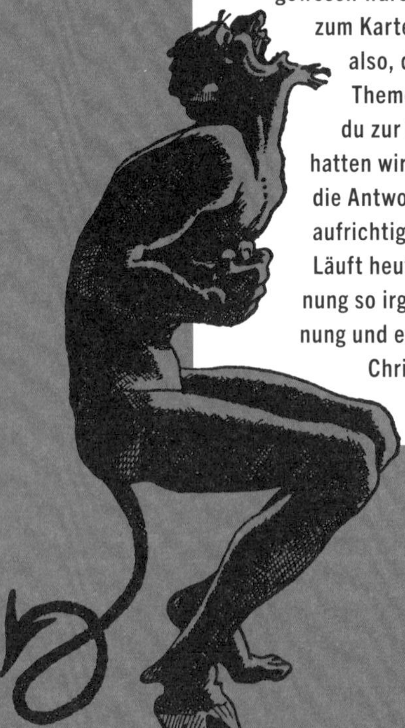

BLUMENKIND

Man muss sich noch heute entgeistert fragen, wie es möglich war, aus unschuldigen Streu-Engelein in feinsten Kinderkleidchen, die zahllosen Hochzeitspaaren den Weg zum Familienglück mit Blumenteppichen pflasterten, eskapistische Hippie-Kiffschlampen schlüpfen zu lassen. Begrifflich jedenfalls. Es ist doch ein beträchtlicher Unterschied, ob ich zu Max Schmelings Trauung einen Blumenkorb vorantrage und streue und streue, auf dass Frau Ondra weich schreite, oder ob ich die Flower Power auf den Schädel flechte, im selbst gebatikten Schlabberlook in Grasanlagen rumlümmle und mir Grateful Dead reinziehe – anstatt einen Hochzeitsmarsch, wie es sich gehörte.

Füllhorn

Aus der griechischen Mythologie stammt die Idee eines nie versiegenden Quells für Blumen, Obst und Gemüse. Was immer die Gelagerunde entnimmt, wächst von innen nach. Das frühere Horn eines offenbar ungeheuren Riesenviehs wurde mit den Jahrhunderten zu geflochtenen korbähnlichen Gebilden, die eines Tages auch noch einen Henkel bekamen und zum simplen Fresskorb mit Feinkost zum Verschenken mutierten. Die alte Form wahrt wenigstens einigermaßen die Schultüte für den Erstklässler; wenn sie aber Blumen, Obst und Gemüse enthielte, wären die nächsten neun Pflichtjahre schon vorab beim Teufel. Die Griechen hatten halt noch keine Snickers oder Smarties …

Begrüßungsgeld

Dabei denkt man unweigerlich an 1989 und den Sturm der DDR-Bürger auf die West-Sparkassen, um ihren Demark-Hunderter einzusacken, ehe es keinen mehr gegeben hätte. Begrüßungsgeld existiert aber in vielen Größenordnungen und überall: Von 50 bis 150 Euro z.B. für Studenten, die sich an Unis in strukturschwachen Regionen einschreiben und dort Wohnsitz nehmen. Und bereits seit 1970 wurden einreisende DDR-Bürger und Deutschstämmige aus Polen mit 30 Mark begrüßt. Übrigens: Nachdem allein im November 1989 bereits knapp 2 Milliarden an Begrüßungsgeld über die Schalter geflossen waren, war Ende Dezember Schluss mit lustig – Kanzler Kohl hatte gesprochen. Gutes Begrüßungsgeld hingegen löhnt einer, der beim Besuch eines malerischen Städtchens von Parkscheinautomaten begrüßt wird.

VORFÜHR-DAME

Als weibliches Pendant zu einem Vorführherrn, ob Exhibitionist, Nico Schwanz oder Manneken-Pis, war eine Vorführdame der zweckentsprechend gekurvte Urtyp eines Models, Mannequins, Laufstegrippchens oder Catwalkcuties. Bei ihr ging es meist noch züchtig zu, sie war noch nicht von Chiffon-Couturiers dazu verdonnert, ihr BMW (Brett mit Warzen) blank über die Planche herzustöckeln. Aus Vorführdamen von einst konnten später noch ganz normale Menschen mit gesundem Appetit werden. Heute starten sie bei Heidi und landen schließlich im Dschungel.

Telefontarife

Als das Telefon noch staatliche Postangelegenheit war, hatte man es mit einem simplen Tarifsystem zu tun. Ortsgespräche, also alle Anschlüsse, die man ohne Vorwahl erreichen konnte, kosteten 23 Pfennige, von der Telefonzelle aus 30 Pfennige. Dafür konnte man unbegrenzt plaudern, wie lange man wollte. Vorwahlgespräche kosteten nach Entfernung und Zeittakt, Ausland war uferlos teuer. Klar, dass da im Fall einer frisch verliebten Fernbeziehung Freiburg-Kiel die Rechnung deftiger ausfiel als heute bei Inanspruchnahme einer 0900-5-Nummer. Im grenzenlosen Kommunikationszeitalter ist das alles anders geworden. Wer spricht in naher Zukunft überhaupt noch via Festnetz!? Wo bereits das „Handy“ um die Existenz kämpft … Skypen „kostet nichts“, und die „Freunde“ hocken auf einem anderen Planeten namens „facebook“ (wenn sie nicht auch von dort schon wieder weitergezogen sind).

Feinliebchen

Bis in unsere Tage tobt der Expertenstreit, ob es nun „Feinliebchen“ oder „Feinsliebchen“ lauten muss. Wir halten uns da raus, die bezüglichen Volkslieder mit Erwähnung der Geliebten singen wir nicht mehr, und zu „Schwing endlich die Keulen, F…“ passt weder „…einliebchen“ noch „…insliebchen“. Ein Vereinsliebchen ist wieder ganz was anderes.

08/15

Diese Ziffernfolge steht für „gewöhnlich", „Routine", „nichts Besonderes" usw. und hat ihren Ursprung in der Typenbezeichnung eines multiseriellen Maschinengewehrs aus dem Ersten Weltkrieg. „08/15" hört man immer seltener, in letzter Zeit höchstens mal in Bezug auf ein einigermaßen fades Jägerschnitzel in einem sehr mediokren Lokal. Zu „okay" um es zurückgehen zu lassen, aber zum Schnell-Vergessen. Warum es für solcherlei so lange bei der alten Knarre blieb und nicht z.B. zu „AK 47" modernisiert wurde? „Ziemlich Kalaschnikow, das Schnitzel"? – na ja …

Schlawiner Hierunter versteht man alle wahrlich gerissenen Bürschlein und solche, die wenigstens glauben, sie seien es; pfiffige Nachwuchsgauner, über deren Einfälle man schmunzeln möchte, wie auch frühreif kleinkriminelle Hundlinge, die mindestens an den Ohren gezogen gehörten. Anerkennung und Ablehnung – beide können einem Schlawiner widerfahren. Tom Sawyer war archetypisch. Mädchen sind dabei außen vor, eine Schlawinerin ist so selten wie eine „Schlingelin". Abgeleitet war das Wort Schlawiner von Slawen, Slowenen, Slowaken, jedenfalls osteuropäisches fahrendes Hausierer-Volk, dem nicht gerade Seriosität im Geschäftemachen nachgesagt wurde. Ziemlich lachhaft und dilettantisch treten die „Schlawiner" in der so betitelten aktuellen österreichischen Super-Sitcom auf, wo sie hauptsächlich schlappwienern und erpicht herummenscheln, dass es einen gelernten „Schlawacken", wie er auch heißt, zum Kopfschütteln bringen möcht'.

KOKOLORES

Bei diesem klangschönen Begriff streiten sich die Experten über seine Herkunft: Eine Erklärung leitet „Kokolores" von „Gaukler", „Gaukelei" her, was zur Bedeutung Jux, Blödsinn, Unfug und dergleichen führt. Die spannendere Interpretation liefert der exzessive Kokainkonsum im Berlin der 1920er- und frühen 30er-Jahre, und da bemühen wir mal Wiktionary, wonach es häufig zu einer „Logorrhö" kam, zu „verstärktem Redefluss von Unsinnigem ohne aufzuhören", der wie Kikeriki und Kokoroko inhaltlich zügig auf reinen Kokskolores hinauslief.

Nummernkonto

Bis vor Kurzem fuhr der Bundesbürger mit einem Koffer in der Hand und einer Tüte mit Augenlöchern überm Kopf in die Schweiz, betrat eine Bank, wurde wortlos zum Chef geleitet, öffnete den Koffer. War mindestens 1 Million drin, sagte der Chef z.B. „509-676-ay-41" und nahm den Koffer an sich. War weniger drin, klappte der Chef den Koffer zu, drehte ihn mit Griff zum Bundesbürger und deutete auf die Tür. Dann hatte der BuBü ein Nummernkonto oder keines. Inzwischen zerbröselt das Bankgeheimnis; verstörte Besserverdiener kramen die Tüte wieder hervor, um ihren Mammon inkognito und bar wieder zurück über die Grenze zu bringen und in ihre Matratzen zu stopfen. Warum nur fallen so viele von Ihnen auf dabei?

•RAUCHERABTEIL• Auch als eingefleischter Quarzer hattest du besser ein Messer in der freien Hand, wenn du deinen Platz im gut besetzten Raucherabteil eines Eisenbahnwaggons finden wolltest. Da hatten die Leute je nach Reisedauer nicht nur Zigaretten, sondern auch Pfeifen und Zigarren angesteckt, und letztere waren selten Edle von Kuba. Oft so grünliche, aggressive wie bei Columbo, oder Villiger Kiel, oder irgendwelche dicken Kotzbalken, die kein Ende nahmen. Durch diese Atmosphäre kamst du nur mit dem Messer, weil du dir Löcher in die Luft schneiden musstest, um was zu erkennen. Der zusätzlich in diesen Rollraum über Monate und Jahre eingearbeitete kalte Höllendunst normaler „Zischen", der machte auch Hartgesottene röcheln und würgen. Und wenn Abstinenzler von einem ihrer vorzüglich duftenden Nichtraucherabteile in ein anderes übersiedeln wollten, etwa um einen Sitzplatz zu finden – dann mussten sie da durch. Eine Mutprobe, gegen die die Transitstrecke Helmstedt – Westberlin im Kalten Krieg eine Traumpassage war.

schnöde

Rein gefühlsmäßig klingt einem dieses lustige Wörtlein weit harmloser im Gedächtnis, als es tatsächlich bedeutete: von nichtswürdig über ehrlos, gemein und übel bis zu verachtenswert, verwerflich, infam, perfide. Da kann man nur hoffen, dass der Mammon, der mit diesem Büchlein in die Kaffeekasse des Autors gespült wird, nicht allzu schnöde ist. „Schwerverdient" gehört übrigens nicht zum Synonymgewitter für „schnöde", immerhin.

Wuchtbrumme

Die Hummel unter den weiblichen Summern und Brummern. Kurvig wie Korsika, Maße um die 110-70(?)-110, ohne künstliche Eingriffe wie gewachsen: Dolly Dollar, Mariah Carey, Serena Williams – so in die Richtung. Vollschlank allein wie bei Glööckler genügt nicht, voluminöös sei ihre Erscheinung, Beschützerinstinkte (aber umgekehrt: sie beschüzt mich!) und Gefühle weckend ... und seien sie blanke Angst. Die Christinen Aguilera und Neubauer können nur als Teilzeit-Wuchtbrummen gelten, die nehmen zwischendurch immer zu viel ab. Das mit der Angst trifft aber zu, einwandfrei.

Westover Jetzt ist ja schon der Pullunder oder Polunder ziemlich „out“ im öffentlichen Bild, seit Genscher und Stiegler in uni-gelb bzw. rot nicht mehr zu sehen sind und nur Olaf Schubert das Strickwerk hoch hält – das allerdings in bestechenden Mustern und gerne auf blankem Oberkörper! Noch älter und ausgestorbener ist aber „Westover“ für dieses ärmellose Sub-Top, das gewöhnlich unter einem Jackett getragen wurde. Da brauchte es keine beengenden Woll-Arme, wohl aber zwischen Oktober und April Zusatzwärme vornherum. Sollte es eleganter sein, griff man auf ein *Gilet* (S. 50) zurück.

Tropfenfänger

In den 1950er-Jahren, also bei Oma, und selbstverständlich in gemütlichen Land- Pensionen zur *Sommerfrische* (S. 82), war diese Konstruktion aus Schaumstoffröllchen, elastischer Schnur und Metallhaken völlig unverzichtbar an Kaffee- und Teekanne. Sie fing beim Ausschenken zuverlässig *unbotmäßige* (S. 28) Schwappetropfen auf und schluckte sie mit dem Kissen unterhalb des Kannenschnabels. Das angeleinte Pölsterchen verfärbte sich – beim Kauf noch blütenweiß, rosa, gelb oder pastellgrün – schon nach erstmaligem Gebrauch ins Eklige, und Oma musste echt investieren, damit das mit der Tropfenfängerei allzeit adrett und säuberlich zuginge bei Tisch. Der Handel hätte die Dinger von vornherein in dunkelbraun anbieten sollen, dann gäbe es diese Tropfenfänger derzeit nicht bloß als nostalgisches Nischenprodukt mit unzufriedenen Käufern. So aber sind die Papierkreppkragen unten am Pilsglasfuß die etablierten Tropfenfänger von heute.

Grufti

Das waren mal wir, dem Jugendalter entwachsen und nur zögerlich aufgeschlossen gegenüber Neuerungen und Veränderungen im Leben. Immerhin waren wir in den Augen der Nachkommen noch existent. Jetzt sind wir einfach nur tot, und als Gruftis geistern deutlich jüngere Gothics, Waver und Durchlöcherte in Nachtschwarz als gute Kunden des Gegenkultur-Versandhandels auf der Schwäbischen Alb umher.

Anno Tobak

Die Wendung stammt aus einer Zeit, als sich das Wort „Tabak" gegenüber der logischen Ableitung von „tobacco" durchsetzte und mit ihm die moderne, schnelle Zigarette das beschauliche Pfeifeschmauchen verdrängte. Ab da bezeichnete „anno Tobak" längst Vergangenes, Überholtes, Umstände und Geschehnisse aus circa grauer Vorzeit, ähnlich wie „anno dazumal" oder das verballhornende „anno dunnemals". Jedenfalls meinte es ziemlich abschätzig so etwas wie „hinter dem Mond". Heute erlangt der Ausdruck allerdings brennend – bzw. verglimmend – aktuellen Bezug: Nämlich zu jener Ära, als man noch – gesellschaftlich positiv sanktioniert – überhaupt und überall als Ausdruck gesteigerter Vertrauenswürdigkeit rauchen durfte, ja bei Internationalen Frühschoppen musste, um nicht so blöd dazustehen wie in Russland bei Wodkaverweigerung. Also noch nicht lange her. Wie „anno Tobak" wird es fortschreitend bald auch heißen: „anno Schmidthelmut". Und „anno Menthol". Wird nämlich auch verboten.

Ratzefummel

Sagt heute keiner mehr zu einem Radiergummi. Auch das Teil selbst droht auszusterben, seit Userpioniere festgestellt haben, dass man damit Fehler nicht vom Screen rubbeln kann. Nur wer noch von Hand bleistiftzeichnet, muss weiter viel mit dem Ratze fummeln.

SPRINGINSFELD

Ein heiterer, unbeschwerter Bursche von Herkunft bei Grimmelshausen (Simplicissimus, Der seltzame Springinsfeld) aus der Zeit des Dreißigjährigen Krieges. Vielleicht ein bisschen arg leichtsinnig, zu übermütig, springt und dödelt er in Feld und Flur herum, guckt in die Luft und trällert sich eins. Als stiller Beobachter kann man's einfach nicht fassen, dass der Tropf nicht wenigstens einmal, nur ein einziges Mal … halt: doch. Jetzt! Jetzt ist er in der Kuhscheiße ausgerutscht unn auffe Fresse …

Dreikäsehoch

Das ist der kommende *Schlawiner* (S. 59). Bis er zum Vier- oder Fünfkäsehoch heranwächst, muss er es zwar noch vom Windelträger zum Selbst-aufs-Töpfchen-Geher schaffen, die Anlagen zur totalen Chuzpe sind ihm aber schon in die Wiege gelegt. Während der kleine Capone mit seinen Bambiäuglein jedwedes Umfeld paralysiert, plant er flink scannend die totale Zerstörung. Schneller, als man den von ihm brillant improvisiert verursachten Schaden halbwegs zu beheben vermag, richtet er sein Augenmerk auf neue, unerhörte Untaten. Er hat genau zwei Minuten, bis sein Vater erkennt, dass die Himbeersoße trotz allen Schrubbens nicht mehr aus dem Flokati geht, sich an die Stirn schlägt und erneut Dreikäse-Witterung aufnimmt … doch diese 120 Sekunden nutzt er zielstrebig, um Daddys Lieblingsschallplatte aus beiden Schutzhüllen zu rupfen und mit Wachsmalkreiden zu signieren. Endlich am Schlafittchen gepackt, spielt der Stinker wieder Godzillajunges (plärrt hungrig), um frisch gestärkt neue Pläne für ungeahnte Destruktionsketten zu schmieden. Eigen Fleisch und Blut? Doch, höchstwahrscheinlich.

Schnurre

Im Siebenjährigen Krieg zertrat das Pferd vom Alten Fritz eines Tags eine Kartoffel auf offenem Feld, und der Preußenkönig stieg ab und gedachte seines Zerwürfnisses mit Voltaire. „Gut, daß er fort ist und nicht an Stelle dieser armen pomme de terre", sinnierte der Monarch, und nach einem Seufzer: „Weiter, hüa! Aber Adjudant – schärf er der Mähre ein, fürderhin einen Bogen um alle Erdäpfel zu schlagen! Aus jeder einzelnen vermöchte ein Genie wachsen." Dann gab er seinem Klepper die Sporen, rief lauthals „Dirne" und buchstabierte in gestrecktem Galopp „M – a – r – i – a – T – h – e – r – e – s – i – a." Noch über die Jahrhunderte gab man in adeligen Kreisen diese köstliche Schnurre zum Besten, welcher zur Beförderung zur ebenso idiotischen „Anekdote" lediglich die hierfür geforderten zwei Prozent Glaubwürdigkeit fehlten.

Hutablage

Als ein Auto noch ein Auto war und kein gefühlter Lieferpanzer für die Zugspitze, gab es sie – die Hutablage. Im Daimler, im Opel Kapitän, im Ford Taunus, im Volkswagen sowieso, – in allen anständigen Personenkraftwagen, die auch in *„Der 7. Sinn“* (S. 48) zur Veranschaulichung gutbürgerlichen Fahr- und Straßenverkehrsverhaltens zum festen Ensemble gehörten, musste eine ordnungsgemäße Rückscheibenvitrine folgende Objekte zur Schau stellen: umhäkelte Klopapierrolle, *Wackeldackel* (S. 25), Zweithut, und zwar mindestens „Pepita“. Wenn der Ersthut aktuell auf dem Kopf des Fahrers saß, war damals schon (und ist immer noch) Alarmstufe rot.

Behuf

Das Ross mochte behuft sein, wenn es zum Behufe des Beschlagens der Obhut des Hufschmieds anvertraut worden war. Es ist jedoch nicht bezweckt, wenn es zwecks Beschlagens der Obhut des Zweckschmieds … nein, diese Analogie stimmt hinten und vorne nicht. „Behuf" hat mit „Huf" nichts zu tun, sondern leitet sich von „beheben" in der veralteten Bedeutung „erhalten, erwerben" ab – und heißt einfach „Zweck, Nutzen". Zusammenhang klar? Tja, uns auch nicht.

Stecken-pferd

on leichtem Zeitvertreib wie Kreuzworträtsel lösen er vereinnahmende Hobbys à la Buddelschiffe bauen s zur Passion, in der Wupper erfolglos nach Gold zu ürfen, reitet einer sein Steckenpferd. Dazu musste er gstens den Kindern ihres nicht wegnehmen, den Stock zwischen die Beinchen, mit Pferdeholzkopf, Bürsten-ähne und Zaumzeug, mit dem sie wiehernd im Kreis galoppierten, ehe sie vielleicht ein Fahrrad bekamen. Oder wenigstens einen Holzroller. Eine App, die das ersetzen könnte, ist noch nicht in Sicht.

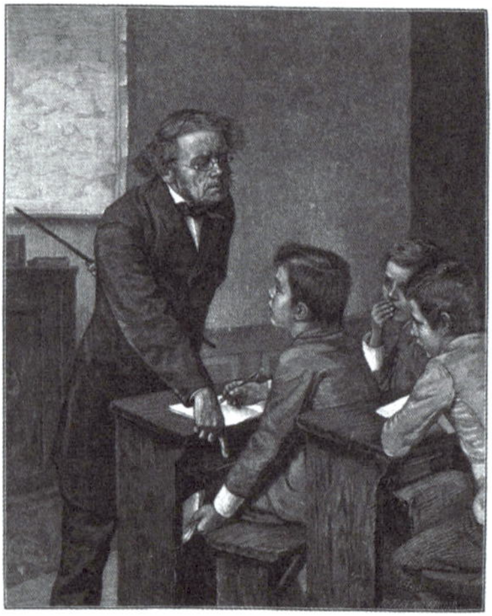

Unterschleif

Der Begriff kann völlig unterschiedliche Bedeutungen haben. Heute veraltet, war Unterschleif einst „Herberge“, „Unterschlupf“. Erst später näherte man sich über „Unterschlagung“ und „Schmuggel“ dem z.B. in der Schulordnung noch erwähnten Unterschleif als „Spicken“, „Abschreiben“, „Einsatz unerlaubter Hilfsmittel“ bei Prüfungen. Nicht wenigen Lehrern vom alten Schlag war die tiefe Genugtuung anzumerken, wenn sie giftig grinsend verkünden konnten: „Notä säxx wääg'n Onntrrschlaiff! Fäädr wägg!“

Labsal

Da können wir jetzt mit wahrlich Verblüffendem dienen, nämlich: Ein Schiffs- und Bootsanstrich! Genauer: Holzteer, Teerfirnis und Terpentinspiritus im Verhältnis 8:4:1. Und es kommt von „Lappen“ und „salben“ (niederländisch: lapsalven). Hätten wir auch nicht aus der Mütze gewusst, zugegeben. Die/das Labsal indes, welche(s) das allgemeine Bewusstsein vorrangig assoziiert, ist eben die „Erfrischung“, „Erquickung“, „Wohltat“. Dazu gibt es kein schöneres Bild von einst als die legendäre Plakatwerbung mit dem kleinen Mann in der uferlosen Dörrwüste, der zu einer übergroßen Halben Münchner hellen Biers am Himmel auflechzt: So fassfrisch und kondensprickelnd, schaumgewaltig und fatamorganisch suggestiv steht es am Firmament, dass man auch im tiefsten Winter ohne jeden Sonnenbrand labsaldurstgeweckt unverzüglich zum Kühlschrank eilt. Selbst wenn zugleich ein würzigfruchtiger Glühwein vom Schmurgelkessel her alle Sinne duftig betört. Der wäre aber in diesem Sinne kein(e) Labsal.

Regenhaut

Sehr nützliches Dreiviertelkörperkondom zur Wasserabweisung bei Wetterstürzen. Standard als Kautschukmäntelchen mit Kapuze in feldgrau-transparent, vorne waren Druckknöpfe – man blieb, noch so edel darunter gewandet, zuverlässig trocken. Gab's auch in schweinchenrosa für „sie“ – und wenn Mutti zuhause allen die Haare geschnitten hat, um den Coiffeur zu sparen, war die Regenhaut der Frisierumhang, unter dem man allerdings in geschlossenen Räumen sogleich fürchterlich schwitzte.

Kriegsdienstverweigerung

Der Staat hatte es ja nur gut gemeint: Um herauszubekommen, warum der feige Wurm ums Verrecken keine Leute totschießen will, war ein System von bis zu vier Verfahren eingerichtet, in deren Verlauf ein Wehrpflichtiger seine unumstößliche Gewissensentscheidung, zu keinem Zeitpunkt und in keiner Situation zu einer Waffe greifen zu können, beweisen musste. Die Fragen des Vorsitzenden dieser Seeleninquisition im *Kreiswehrersatzamt* (S. 19) waren grundsätzlich so angelegt, dass alle Antworten, die der „KDVler" geben mochte, gegen ihn ausgelegt werden konnten. Von den drei Beisitzern, schöffengleich aus dem Volke bestellt, glotzte während der Verhandlung einer zum Fenster hinaus, studierte der zweite seine Popelergebnisse im Schneuztuch, und der dritte stellte die besonders niedere und unglaubwürdige Gesinnung des Angeklagten fest. Abgelehnt. Mit ein bisschen Glück konnte man in einer der Folgeinstanzen vorangegangene Formfehler nachweisen und so seine Anerkennung erreichen. Wenn nicht: Verschleppung durch Feldjäger und Militärknast.

Sättigungsbeilage

Das Wort wird nur noch gastrointern fachsprachlich verwendet. Gemeint sind Kartoffeln jedweder Zubereitungsart, Nudeln in allen Varianten, Reis, Spätzle, Knödel usw. – Kohlenhydrate in der Regel. Gemüse natürlich nicht, das ist bloß gesund. Früher stand in einfachen Lokalen oder Kantinen oft pauschal zum Fleisch „und Sättigungsbeilage“ auf einer Speisekarte. Damit käme man heute vermutlich nirgendwo mehr durch – zu heikel die individuellen Geschmäcker, Unverträglichkeiten, Allergien, Abneigungen, Verwöhntheiten. Als Sättigungsbeilage nehmen die Herrschaften ja dann gerne mal ein paar Scampi zum Rinderfilet, das vertragen sie. Kein Problem.

Räuberpistole

Sie ist zwar ein Lügenkonstrukt, aber so *hanebüchen* (S. 16) wiederum nicht, als dass man ihr, wenigstens bis sie auffliegt, nicht Glauben schenken möchte. So vor einiger Zeit im Fall „PC Fritz“, der seine angebliche Krebserkrankung (er sah mit seinem Mergelschädel ja auch aus wie nach fünf Jahren Dauerchemo) zum Abzocken blind zugreifender Schnäppchenjäger nutzte und in rauen Mengen raubkopierte Software zum Viertel des Listenpreises unter die Leute brachte. Die mitleidheischende Räuberpistole, die Fritzi nach Plan seiner Hintermänner auftischte, schien seitens der Klientel jeden Verstand ausgeräumt zu haben. Anteilnahme mit „Geschädigten“ wie z.B. Microsoft ist aber auch nicht nötig, denn deren verbreitete Räuberpistolen hinsichtlich Verbesserungen am Betriebssystem lassen einen bisweilen sinnieren, zwanzig Euro wie die von Fritzi geforderten seien für derlei Softwareschrott genug. Räuberpistolen stehen auch zuhauf in der Steuererklärung, Stichwort „Bewirtungskosten“.

anheim (stellen)

Da strahlt der Jurist, wenn er plädieren darf: „Stelle anheim, die angestrebte Klage gegen meinen Mandanten abzuweisen, per conditionem sine qua non et ceterum censeo accusativcuminfini …“, und so Schmarren. Immer und allzeit stellt sie gerne anheim, die hochlöbliche Jurisprudenz. Dieses „schlage mit Nachdruck und fürs Protokoll vor“ ebnet aufgrund seiner überkandidelten Hochgestochenheit der Alltagskomik jeden Weg: „Hasi – stelle anheim, die Energiezufuhr auf Platte 3 stante pede zu drosseln, sonst verkokelt dein Gemüsemikado!“

Schreibmaschine

Das Schwerstarbeit signalisierende „Klackedi-klack", unterbrochen nur von Tipp-Ex-Pausen, war lediglich für Nachbarn um halb vier in der Früh' ein Klagegrund. Dem Schreibenden aber lieferte es den mechanisch-akustischen Ansporn, seine Arbeit wie Hemingway auf hoher See oder vor staunenden Auftragskillern zu tun, dem Röhren der Wildnis mit Maschinengeknatter aus einem abgewetzten Dicklederkoffer zu begegnen – und dabei ganz andere Geschichten zu schreiben als mit so einem akkuschwachen Laptop!

Kanzelschwalbe

Pro Gotteshaus und -dienst gab/gibt es mindestens eine ältere, gepflegte Dame, die immer an exponiertem Kirchenbankplatz sitzt bzw. liturgpflichtig kniet, von dem aus sie dem Pfarrer, Priester, Prediger sehnlichst in die Augen schauen kann. Ob verheirateter Protestant oder zölibatgebundener Kathole – sie himmelt ihn an. Im Einzelfall kann es sich um eine schwer gestörte Weibsperson im Ledig- oder Witwenstand handeln. Buhlen zwei von diesen Gnadengroupies zur gleichen Zeit unter derselben Kanzel um die virtuelle Gunst des Gotteskünders, hackt eine Schwalbe der anderen nach der Predigt schon mal ein Auge aus. Die können recht unchristlich werden. Ab drei Kanzelschwalben aufwärts dagegen folgt dem Kirchgang gern ein *Kaffeekränzchen* (S. 9), das die pharisäischen Nattern in ihren stillen Abartigkeiten eint.

Imponderabilien

Von denen sind *Lebenspläne* (S. 12) bedroht wie Computer von Viren: Unwägbarkeiten. Fängt schon damit an, dass keiner weiß, wie alt er wird. Imponderabilien werden von Kontrollbesessenen gehasst, z.B. von Versicherern, weil ausgerechnet sie materiellen Schutz davor bieten sollen. Zumutung. Also verlagern sie die Unwägbarkeiten auf ihr Tarifsystem und ihr Auszahlungsgebaren, damit sich der Versicherungsnehmer damit herumplagen muss, der eigentlich die Unwägbarkeiten minimieren wollte. Jetzt hat er doppelt so viele. Imponderabilien wie etwa dem Wetter begegnet man bei Sonne vorsorglich mit einem Schirm, damit man ziemlich sicher sein kann, dass es nicht regnet. Hat einer erstmal seine Angst vor monströsen Unwägbarkeiten wie Weltuntergang oder Heizkosten verloren, bleibt ihm als dialektische Erkenntnis:

Imponderabilien sind die allergrößten Ponderabilien.

Sommerfrische

Das Wünschenswerteste an einer Sommerfrische war *Kaiserwetter* (S. 13). Unverzichtbare Zutaten waren Seen und nahe Berge. Die Frische gedachte man sich während der erwarteten Hochsommerhitze über kühlkräuselnde Wasser und fächelnde Fallwinde zuzuführen. Zum Leidwesen derlei optimistischer Urlaubsplanung geriet die Sommerfrische nicht selten zur Zwangserfrische in Gestalt dauerhafter Niederschläge – da hätte man auch in Hamburg bleiben können. Bis man berechtigten Argwohn zu hegen begann, bei der allabendlichen, im Brustton der Überzeugung vorgebrachten Versicherung der Herbergsleute, „ab morgen" werde es „auf jeden Fall schön!", könnte es sich um eine einstudierte Sprechmechanik der Einheimischen handeln, um einer vorzeitige Massenabreise der Sommerfrischler entgegenzuwirken ... da war der Urlaub in der *Regenhaut* (S. 75) auch schon vorbei, und der Ferienort zeigte sich am Abreisetag von farbenfröhlichster Lichtspielseite.

Münzfernsprecher

Klar, gibt es noch – aber nicht das postgelbe Häuschen mit dem schwarzen Guss-Kasten und dem hantelschweren Faselknochen am Spiralkabel! In den Städten an jeder Ecke zum Fernschwatzen lockend, in der Pampa als Landmarke wie ein Leuchtturm für Havarierte, war die „Telefonzelle" selbstverständliches Inventar des öffentlichen Lebens. Im finstersten Kiez Frankfurts, auf Duisburgs verdächtigster Schimanski-Hafenmole, geschmiegt an Fassaden strahlender Kulturtempel in Berlin-Hamburg-München, bis kurz vor Schussweite an den Grenzen des Kalten Kriegs – egal, wohin es einen verschlagen hatte, sie stand schon da, vornehmlich in der klassischen Bauart „TelH 55". Und in dem Moment, da man diese zwei Kubikmeter Kommunikationskabine in Gebrauch nehmen wollte, ja musste, wehte ein Hauch von Las Vegas, denn es fraß jenseits seines standortgebundenen Ortstarifs (siehe *Telefontarife* S. 56) schneller Geldstücke, als man füttern konnte. Säcke von Münzmetall verzehrte der einhörige Bandit, und nur Blabla gab er zurück.

Dünkel

Mich deucht, der Dinkelmüller ist nicht frei von Dünkel. Wie er mahlwerkt und einhermüllert, dünkt dünkelhaft! Wie bitte? Gut, dann im Klartext: Dafür, dass er bloß ein Dinkelmehlhersteller ist, scheint er mir ganz schön arrogant zu sein. Ziemlich blasiert, wie wichtig er sich und seine Maschine nimmt. „Standesdünkel" trifft man ja auch bei Halbgöttern in Weiß und blauen Blütigen an. Und selbst der Wortsetzer ist dagegen nicht gefeit, wenn er sich am Klang berauscht: Der gehörte in Dünkelhaft, der Dinkelsmühler. In Dünkelsbühl. Herrlich. Aber Ruhe jetzt!

Ei der Daus!

Daus, ein Wort für sowohl die höchste Karte (Ass, Sau) in einem deutschen Kartenspiel als auch die niedrige Zwei beim Würfeln – so gegensätzlich konnte „eiderdaus!“ als Ausruf der Freude, Verwunderung und auch des Zorns gemeint sein. Eine schöne, aufrechte Ansage, die all der Süffisanz und Häme eines modernen „Uups“ entbehrte.

Torwächter Als die Städte noch von einem Mauerring umgeben waren, damit es der marodierende Feind schwerer haben sollte, sesshafte und zünftige Bürger nach Gutdünken auszuplündern, musste es gleichwohl Schwachpunkte geben: Die Tore. Kein Vergleich zum meterdicken Mauerwerk rundherum. Also galt den Toren besondere Wacht, vor allem nachts, als man noch ohne Flutlicht auskommen musste.

Das gab es erst bei Abendkämpfen im Fußballbetrieb, und zwei der Tore wurden ins Innere der Befestigungsanlage (Stadion) verlagert. Auch diese Tore müssen seither gehütet, gewartet und bewacht werden. Die Menschen, die diese verantwortungsvolle Pflicht übernehmen, werden Torhüter, Torwarte oder Elfmetertöter genannt. Nur ein einziger Mensch, ein ehemaliges ständisches Oberhaupt seiner Mannskickerschaft, hielt die altehrwürdige Bezeichnung „Torwächter" lebendig: Günter Netzer. Seit dessen Trennung von G. Delling war der Torwächter fürs öffentliche Bewusstsein Geschichte.

Pedell

Der war weit mehr als ein Hausmeister an höheren Schulen und Universitäten. Seine weitreichende Macht in der – im Wortsinn – Exekutive war bei Schülern und Studenten gefürchtet. Er sorgte für den Strafvollzug bei Ungebührlichkeiten aller Art und war der Vollstrecker des Rektors. Seine Aktionsbefugnis machte auch vor dem Privatleben der Eleven nicht halt. So schnüffelte er ihnen abends und nachts nach, ob er sie nicht in Kneipen und Spelunken oder noch zweifelhafteren Etablissements anträfe, um sie im Falle des Ertappens höchstpersönlich in den *Karzer* (S. 31) zu *verfügen* (S. 45).

Gelsenkirchener Barock

Damit der Ruhrpottkumpel auch zu Hause das vertraute Gefühl nicht vermissen musste, er könnte jederzeit verschüttet werden, sorgte er für furchteinflößendes Mobiliar rings um seinen Fernseher herum. Schrankmonster im Format von Hauptstollen, Vitrinenwände zur Schaustellung sämtlicher Schutzpatrone des Kitschkunsthandwerks, dramatische Düstersitzgruppen, die das Resttageslicht aus dem Raum schluckten, und im Schlafgemach ein Bunker von Bett, der dem Angriff einer Horde brikettgeiler Grubenloren standgehalten hätte, ohne mit dem Lattenrost zu zucken. Nur in einem Zeppelinhangar eingerichtet, hätte man Exponaten des Gelsenkirchener Barock eine gewisse Zierlichkeit nicht absprechen können. Dass auch beinahe alle anderen Werktätigen als die vom Schacht damals ihr Heim der art zuplankten, muss am schweren Essen gelegen haben.

HUPFDOHLE

So wurden einst im Scherz und leicht abfällig Tänzerinnen außerhalb des ernsten klassischen Balletts genannt. Also z.B. besonders beineschleudernde Funkenmariechen im Karneval, Fernsehballetteusen und GoGo-Disco-Miezen. Im Amateurbereich in der Regel auf Personen weiblichen Geschlechts angewendet; doch auch ein Mann, der sich besonders unpassend und uncool zur Musik auf der Tanzfläche bewegte, konnte schon mal zur Hupfdohle werden. Wer die unverschämt gute Sitcom-Reihe *„Schlawiner“* (S. 59) aus Österreich im TV verfolgt hat, kennt die Szene, in der die völlig entfesselte Maja den Dancefloor zerwirbelt, dass man vor Lachen vom Stuhl brüllt.

Muckefuck

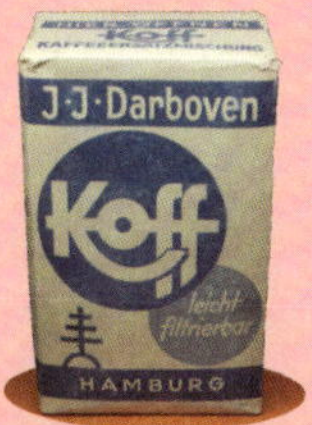

Für die Jüngeren: Das „u“ in diesem Wort wird beide Male deutsch „u“ ausgesprochen (und nicht englisch „a“), jegliche Assoziation unter der Gürtellinie entbehrt also jeglicher Grundlage. Muckefuck trank man in Mangelzeiten, wenn es keinen Kaffee gab oder er zu teuer war. Für Kinder gab (und gibt) es Caro. Die Rezepturen sind mannigfaltig, zusammengefasst: alles, was sich aufbrühen lässt, kann rein. Getreide, Malz, Zichorie (tolle Pflanze – lohnt sich ein Blick in Wikipedia!) u.v.m. Die Lorke wird nach wie vor unverdrossen produziert und genießt als Malz- oder Getreidekaffee in der Naturkostszene schon wieder einen guten Ruf. Letztlich fragt man sich allerdings – wie im Fall der bis vor etwa 25 Jahren omnipräsenten Ovomaltine als kindstraumatisierender Kakao-Ersatz (wääh! – will richtign Kaukau – bääh!) – wer trinkt sowas, wenn er nicht muss? Krank? Genehmigt. Aber keinen Tag länger.

Nierentisch

Eigentlich schade, dass dieses filigrane Designer-Möbel nicht mehr den Couchecken unserer Wohnzimmer vorsteht, weil man darauf ganz toll Eierlikör abstellen konnte. Für Kaffee und Kuchen nicht so geeignet, weil zu niedrig und wegen seiner drei schrägen Twiggy-Beine immer eine wacklige Angelegenheit. Ernsthaft dranstoßen durfte man besser nicht, der Nierentisch kippte leicht. Beim Versuch, ihn woandershin zu stellen, fielen auch gern mal ein oder zwei Stelzen aus ihren oft windig konstruierten Stützschlitzen. Als die grundsoliden Menschen von dieser Zitterpappel unter den Einrichtungsgegenständen genug und die Faxen dicke hatten, kam wieder anständige deutsche Eiche ins Haus: Es entfaltete sich die schwere Blüte des *Gelsenkirchener Barocks* (S. 87).

Waschgeschirr

Als es in Wohnungen und Herbergen noch kein fließend Wasser gab, war man für Waschgeschirr auf dem Zimmer dankbar, weil dann zwecks Körperhygiene nicht zehn Minuten zum Dorfbrunnen gepilgert werden musste. Einwandfreies Waschgeschirr bestand jedenfalls aus einer geräumigen Schüssel und einem großen wassergefüllten Krug aus Porzellan, Steingut oder auch Emaille, für mindestens fünf Liter Wasser. In gehobenem Ambiente nahm man gerne eine zusätzliche Schale für die Rasur mit Seife, Pinsel und Messer zur Kenntnis. Nicht nur als Mann.

frönen

konnte man seinen handwerklichen *Steckenpferden* (S. 73) gleichermaßen wie seinen geistigen Lastern und phantastischen Leidenschaften. Mit Hingabe tun, sich voll und ganz einer Sache widmen, aufgehen, ihr fetischgleich huldigen – das Frönen konnte ganz schön Auswüchse annehmen: Casanova – Weiber, Dagobert Duck – Geld zählen, Gerd Müller – bumm machen. Tor.

Henkelmann

Als noch echte Arbeiter zu Werke waren, sogar unter Tage, war dieser blecherne Essenskübel mit Tragegriff der tröstliche Anker, sich mittags irgendwie bei Muttern fühlen zu können. Da war Kraftkost für den tapferen Vatti drin, und in fürsorglicheren Betrieben wurde sie sogar per Wasserbad beizeiten auf Genusstemperatur gewärmt. „Aaah – Pichelsteiner! Heute muss Mittwoch sein!“ Henkelmann heute ist ein Flachetui mit einem Dingsphone drin, über das ein Assembly-Line-Robot-Director sein Sushi wireless ordert. Geht auch. Wenn es in der Kantine nur Pichelsteiner gibt, mittwochs.

weiland

Gehobener Sprech, um nicht zu sagen: geschwollen, anstelle von „einst“, „damals“ „vor langer Zeit“ usw.; es steckt „Weile“, „eine Weile her“ drin. Wäre zu überlegen, ob man solche verblüffenden Wörter nicht erneut in die aktive Rede montieren sollte: „Rotzlöffel! Verbot Mutter dir nicht die Ballerspiele wie weiland der Herr seinem Adam die Äpfel!“ Das macht Eindruck beim Junior.

Donnerlüttchen

Thunder & Lightning – das ist mal ne Ansage! „Donner“ ist klar, und „lüttchen“ kommt von ostpreußisch lichting, Blitz. Gerade weil das niemand mehr sagt, macht es Freude, auf Informationen wie etwa a) Wussten Sie schon – Frau Erstmann-Backofen hat wieder geheiratet? bis f) Dritter Weltkrieg ausgebrochen! ein beherztes „Donnerlüttchen“ beizupflichten. Wirklich süß ist aber immer, sein blubbernd flatulierendes Windelbaby „ach, du mein Donnerlüttchen“ zu wortkosen, den lütten Proppen.

Tatzen/Datzen

Bis 1973 durfte der Lehrkörper die Schülerschaft physisch züchtigen. Nachdem Bastonade, Auspeitschen und Speedschröpfen mit der Zeit über die konditionellen Reserven der wohlstandsverweichlichten Pädagogen gingen, beschränkten sich diese auf Kopfnüsse mit dem zweiten Mittelfingergelenk aus geballter Faust oder Tatzengeben per Rohrstock/Lineal auf – „humanistisch" – die Handinnenfläche oder – „sadistisch" – die Fingerknochen. Ab 1974 durfte der aus lieber Gewohnheit noch Getatzte innert 2 Sekunden straflos zurückdatzen, falls er ein Lineal zur freien Hand hatte (Reflex-§).

Sichere Rente

Die Rente ist sicher – behauptete jedenfalls Norbert Blüm. Wie sicher sie ist, sollte man sich später irgendwie zurechtriestern. Jetzt ist sie wieder absolut sicher, jedenfalls als Lebensabschnitt. Für viele Rentner kommt sie schon früh und nicht freiwillig. Wer's dann dereinst zahlt und wie viel, das entscheiden in letzter Konsequenz die siebzehn, achtzehn noch in Lohn und Brot stehenden Beitragszahler, die dann das Land zu schultern haben werden. Vorschlag zu Güte: Wer mit 63 Lebensjahren 65 Arbeitsjahre nachweisen kann, darf mit 20 Prozent seines letzten Einkommens in die sichere Rente gehen.

Strauchdieb

Er war so ganz das Gegenstück zu einem raffinierten Hochstapler oder Heiratsschwindler im feinen Zwirn: Abgerissen und zerlumpt in einem Gebüsch versteckt, vielleicht noch mit nagendem Biss in einen uralten Käsebrocken, lauerte er geduldig den spärlich vorbeikutschenden Reisenden auf, um ihnen einen unterklassigen Raubüberfall („Geld oder Leben!") angedeihen zu lassen; oder er spähte von seinem Versteck aus, wessen Haus und Hof er nächtens zum *Behufe* (S. 72) der Dieberei heimsuchen wollte. Der Wegelagerer ist mittlerweile korrekt uniformiert und wartet mit Radarpistole hinter Gesträuch an Bundesstraßenrändern, will nur Geld, nicht Leben.

Galanteriewaren

Boshaft könnte man sagen, dass diesem untergegangenen Oberbegriff jeder überflüssige Schnickschnack zuzuordnen war: Kleinteile zur Kleidung wie auffällige Knöpfe, Krawattennadeln, Schnallen, Einstecktüchlein, Modeschmuck u.v.m. Liebevoll interpretiert waren es hingegen entzückende kleine Aufmerksamkeiten, seltene Accessoires, alles, was Frauenherzen erfreut. Auf gar keinen Fall gehören aber Reizwäsche oder Plüschhandschellen dazu, wie man als heutiger Grobgalan, der seine „Liebhabereien“ mit „Liebenswürdigkeiten“ verwechselt, fatalerweise zu schenken versucht sein könnte.

Tand

So nannte man einst alle im Grunde genommen überflüssigen Produkte („eitel Tand“), Nippes, Tinnef, Plunder usw., auch Spielzeug (vgl. engl. toys auch für „Tand“) – „Nürnberger Tand“ etwa stand für industriell in Masse produzierte Spielwaren. Dabei war und ist es ja sehr subjektiv, was jemand als überflüssig und verzichtbar erachtet(e): Der eine jeden Christbaumschmuck außer Schnapsschokos, ein anderer Atomsprengköpfe, die nächsten *Wackeldackel* (S. 25), und wieder andere Espressopads oder Zahnzwischenraumbürsten.

Vatermörder

Dieser überhohe Hemdstehkragen erlebte seine modische Blüte in der ersten Hälfte des 19. Jahrhunderts. Man knöpfte ihn auf ein kragenloses Hemd unter dem Frack und bewahrte damit, jedenfalls äußerlich, Haltung. Damals wurde er bevorzugt offen getragen und erweckte nicht unbedingt die beengten Gefühle der Gewürgtheit, die einen eineinhalb bis zwei Jahrhunderte später beim Anblick des greismunteren Karl Lagerfeld befallen: Er trägt den Vatermörder zugeknöpft, wahrscheinlich, damit sein Superhirn den enormen Schädel nicht zur Seite plumpsen lässt (wie einst den David Nivens im Filmklassiker), und zusätzlich stabilisiert darüber ein Binder. Das macht diesen sympathischen Klamottengrampus zwar nicht jünger, lässt ihn aber durch den optischen Streckeffekt größer wirken. Nur scheint dadurch der Kopf nicht zum Körper zu gehören, irgendwie …

dergestalt, daß

Nicht gleich aufheulen, ihr Deutschlehrer – „dass" hat man damals noch so geschrieben! Als Großmeister dieses unbegrenzt Satzkunstwerke erlaubenden Umstandswortkonstrukts kann Heinrich von Kleist gelten, der einem schon bei Schullektüre alle Achtung abnötigte. Doch auch andere versuchten sich an kühnen Satzbauten, dergestalt, daß, da sie sich dem Schönen und Guten verpflichtet sahen, sie Geschichten spannen über, sagen wir, den tumben Karsthans, der nichtsnutzig sei dergestalt, daß er nur bäuerliche Frondienste leiste, indes wohl meinend und im festen Glauben befangen, schon was Rechtes zu tun, er nur im Falle, der Landgraf schicke nach ihm, in größte Verlegenheit zu geraten drohte, dergestalt, daß, da jener ein Herr von aufbrausendem Wesen sei, er, der Karsthans seinen Ansprüchen nicht zu genügen sich stets ängstigte und ... ein Gedicht, Leute, ein Gedicht. Dagegen konnte später einzig Thomas Mann mit gemeinen Schachtelsätzen über eineinhalb Buchseiten anstinken.

Fräuleinwunder

Ohne Weltkrieg Zwo hätte es keines gegeben: So nannten Amerikaner (nicht nur aus Besatzungstruppen) junge, moderne Frauen in den Fußstapfen einer Marlene Dietrich, die klug, hübsch und selbstbewusst zugleich ein anderes Deutschlandbild lieferten, als man es sich nach zwölf Jahren Führerstaat ausgemalt hatte. Die etwas bemühte Wiederauflage des „Fräuleinwunders" meinte im literarischen Betrieb ab Ende der 1990er-Jahre eine Riege meist junger, erfolgreicher Autorinnen, trifft es aber nicht in der ursprünglichen Bedeutung.

Wählscheibe

Telefonieren? Man steckte den Finger ins richtige Loch und drehte mit optimistischem Elan. Schwungvoll wurde das Rad bis zum Bremshaken gebracht, schnurrend rotierte es zurück, besonders nach „9“ und „0“. War besetzt, wiederholte man gerne die Prozedur, sich am mechanischen Zauberspiel aufs Neu' zu ergötzen. Hm. Wieder besetzt. Ganze Stunde besetzt. Dreck. Bald schon passte der Zeigefinger in keins der zehn Löcher mehr, der Ringfinger musste her, bei Büroprofis ein Schreibstift. Automatische Wahlwiederholung war Zukunftsmusik. Und jetzt ein Ferngespräch, auch noch ins Ausland, in die Schweiz oder nach Amerika. Zwölf Ziffern und mehr. Und ewig besetzt. Wir vermuten, selbst eingefleischte Wählscheiben-Nostalgiker waren irgendwie froh über Tastentelefone mit Wahlrepeat.

Kostgänger

Ursprünglich der klassische „Zimmerherr“ zur Untermiete, der von seiner Vermieterin (zumeist Witwe, spätes Mädchen, sozialromantisch veranlagt) auch verpflegt wurde – aus Zuneigung nicht selten über Gebühr. Mit der Zeit gewann eine eher abwertende Bedeutung als besserer „Schmarotzer“ die Oberhand. Heutzutage findet sich eine Generation von volljährigen Kostgängern im „Hotel Mama“ gebührenbefreit bei gängiger Kost.

Mauerblümchen

Da sitzt es, schüchtern, zahnbespangt, bravstgewandet auf dem Bänklein an der Wand des Tanzsaals und harrt vergebens der Aufforderung. Unter seinen unglücklich verhuschten Blicken wirbeln die Traumpaare und balzen den Walzer. Unzählige Male aschenbrödelt es da schon auf Geheiß der Mutter, die ihre scheinbar farblose Sprosse mit Gewalt gesellschaftsfähig zu machen trachtet. Die Helden pflücken sich die munteren Feger links und rechts von ihr, nur sie wird als einzige übergangen. Das personifizierte Elend! Aber eines Tages, kurz bevor die Welt untergeht, kommt die Spange raus, öffnen sich die bislang streng gerafften Haare zur wallenden Pracht, wird der graue Rock verbrannt – und dann kommt er, der beste Held überhaupt. Dass auch er über einer furchterregenden Zahnspange die Lippen verkneift und einen grünbraunen Pullunder trägt, das macht ihn ja gerade so charmant … aber warte nur, bis wir verheiratet sind!

Erbsenpistole

Dieser niedliche Archetyp der heute extrem fortgeschrittenen „Soft-Air"-Rüstungsindustrie funktionierte *dergestalt, daß* (S. 100) der zumeist noch sehr minderjährige Ego-Shooter in ein billiges Plastikpistölchen Trockenerbsen einfüllte, die mit simpler Mechanik Erbs für Erbs vor eine schwächliche Sprungfeder befördert wurden, um dann, mit „sproinng" abgefeuert, dem Gegner den Garaus zu machen. Bereits ab Mündungsaustritt zeichnete die dehydrierte Hülsenfrucht da eine hübsche Kurve nach unten, und der Feind war nicht einmal im Augenbereich ernstlich gefährdet.

inkommodieren

Ein sehr schönes Wort für „belästigen", „behelligen", „Ungelegenheiten oder Scherereien bereiten". „Gääns, biddä – inkommodierns nääd de Daamä, häasd!" – mit Genuss beschmunzelten wir das in alten Hans-Moser-Filmen, weil es auf Wienerisch am schönsten kam. Auch das Gegenteil, „kommod", war ein eleganter Ausdruck für „angenehm", „gemütlich" oder „bequem", der leider nicht mehr oft vorkommt.

Koppheister bedeutet sowohl „kopfüber“, z. B. ins Wasser springen, als auch „zerstört“, „kaputt“, „hinüber“. „Der Laden geht koppheister, wenn die so weitermachen“ – solcherlei waren überwiegend im Norden Deutschlands gebräuchliche Wendungen. Weiter südlich geht es entsprechend gerne „in Oasch“. Oder als „Hecht“ vom Dreier.

Zierrat Hauptposten einer *Galanteriewarenhandlung* (S. 97), also überflüssiger Kram, verzichtbare Accessoires, Nebensächlichkeiten, Dinge, die gerne weiterverschenkt werden, wenn man sie selbst geschenkt bekommen hat, und die so lange die Runde machen, bis man sie nach einigen Jahren und Verwischung der Spuren selbst wieder geschenkt bekommt. Kauft ein Mann Zierrat allen Ernstes für sich selbst, hat er entweder viel zu viel Geld oder ein massives psychisches Problem. Oder beides. Bei Frauen ist das was anderes: Sie haben eigentlich kein Geld dafür, aber auch kein Problem damit.

LUSTBARKEIT
(-EN ALLER ART!)

Hereinspaziert! Vergnügungen, Veranstaltungen und Feten, Partys, Sensationen und anrüchige Zeitvertreibe – alles konnte man unter Lustbarkeiten verstehen. Vom seriösen Tanztee im Palmengarten über den bunt-exotischen Zirkus bis zum prallen Nachtleben – alles, was Lust machte und wozu man eine solche hatte, sofern man über 21 war. Denn da, kurz vor der durchschnittlichen Lebenserwartung, war man erst volljährig genug, um garantiert sämtlichen Lustbarkeiten *frönen* (S. 91) zu dürfen.

Maulaffen feilhalten

Dumm rumhocken und glotzen, anstatt mit anzupacken. Gaffendes Volk an einem Unfallschauplatz, sensationswitternd, wohlig angegruselt mit gespreiztem Kiefer … ja, und von da soll es auch herkommen, nicht vom Affen, sondern von niederdeutsch „Mul apen" – Maul offen. Feilhalten, feilbieten heißt zum Verkauf bereithalten, im Angebot haben. Der Anblick solchen Packs ist dann wieder nah dran am Bild eines Pavianhaufens auf dem Affenfelsen.

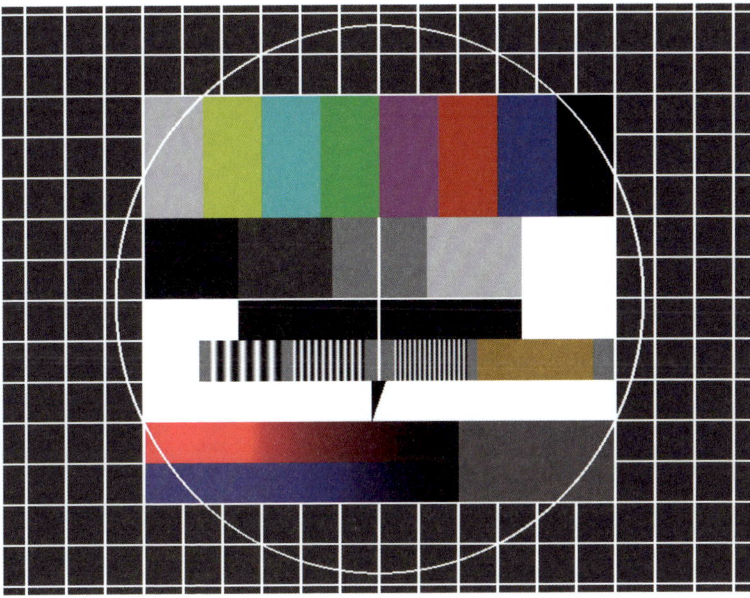

Sendeschluss

ARD, ZDF und ein 3. Programm. Das deutsche Fernsehen startete unter der Woche um 16 oder 17 Uhr, Sa und So bereits ein paar Stunden früher. Um 23 Uhr war's meist vorbei – ob aus Mangel an Sendefähigem oder aus erzieherischen Gründen, um ein drohendes Suchtgebaren vorauseilend zu disziplinieren, ist eigentlich unerheblich. Wichtig war unbedingt die wehende Deutschlandfahne samt Hymne, damit man vor dem kollektiven Zubettgehen noch mal strammstehen und singen konnte.
Nach dem Sendeschluss kam noch das Testbild für die hartgesottenen TV-Fans, den Rest der Nacht herrschte weißes Rauschen.

Register

ENDE.